浙江省省属高校基本科研业务费项目资金资助（2021YB41）

两晋文学版图演变研究

洪文莺　著

图书在版编目（CIP）数据

两晋文学版图演变研究 / 洪文莺著. —— 北京：中国轻工业出版社，2024.4
ISBN 978-7-5184-4207-2

Ⅰ.①两… Ⅱ.①洪… Ⅲ.①中国文学—古代文学史—研究—晋代 Ⅳ.①I209.37

中国版本图书馆CIP数据核字（2022）第226466号

责任编辑：张文佳　李金慧
策划编辑：张文佳　　　　责任终审：高惠京　　封面设计：锋尚设计
版式设计：砚祥志远　　　责任校对：朱燕春　　责任监印：张　可

出版发行：中国轻工业出版社（北京鲁谷东街5号，邮编：100040）
印　　刷：三河市万龙印装有限公司
经　　销：各地新华书店
版　　次：2024年4月第1版第1次印刷
开　　本：710×1000　1/16　印张：11.25
字　　数：170千字
书　　号：ISBN 978-7-5184-4207-2　定价：45.00元
邮购电话：010-85119873
发行电话：010-85119832　010-85119912
网　　址：http://www.chlip.com.cn
Email：club@chlip.com.cn
版权所有　侵权必究
如发现图书残缺请与我社邮购联系调换
210749K6X101ZBW

前 言

两晋始于晋武帝泰始元年(265),终于晋恭帝元熙二年(420),前后历时156年,其中西晋历时52年,东晋历时104年。两晋虽然历时短暂,但因恰好处于中国第一次南北文学中心转移的交叉点以及人文觉醒的临界点上,所以显得特别重要。本书力图借鉴文学地理学的理论与方法,重点还原和揭示两晋文学版图演变的轨迹与规律,并借此重新审视和诠释其在文学史上的意义与价值。

一、学术宗旨

本书以"两晋文学版图演变研究"为论题,旨在重点探讨以下两大论题:一是两晋文学版图的演变轨迹与规律;二是两晋文学版图演变的文学史意义与价值。前者是本书的主体所在,后者是对前者的总结和升华。根据这一学术宗旨,本书重点思考以下四个层面的关系问题,并努力臻于彼此的内在融合。

1.时间维度与空间维度的融合

任何文人及其作品的存在,都离不开时间和空间这两个维度,对文学的研究也同样离不开时间和空间这两大要素,正如陈寅恪在《元白诗笺证稿》中所言:"苟今世之编著文学史者,能尽取当时诸文人之作品,考定时间先后,空间离合,而总汇于一书,如史家长编之所为,则其间必有启发"[1],所谓"时间先后,空间离合""总汇于一书",不仅意味着"空间"与"时间"皆为同等重要的研究元素,而且还要求两者相互融于一体。然而回顾中国文学史的研究历程,由于长期以来线性思维的惯性作用,几乎多以时间维度为轴心,或者说以时间维度为主流,而相对忽

---

[1] 陈寅恪.元白诗笺证稿[M].上海:上海古典文学出版社,1958:9.

略了与此相辅相成的空间维度。因此，引入融合文学与地理学并以"文学空间研究"为重心的文学地理学的理论与方法，从空间的维度重新审视文人的籍贯、迁徙、交游、创作、传播，深入还原他们当时所处的自然环境与社会环境，更加立体地解读文学现象、特点与规律，无疑具有学术矫正与理论重构的双重意义。

强调时间维度与空间维度的融合，对两晋文学版图演变的研究有特别重要的意义，因为两晋之交恰好处在中国第一次南北文学中心转移的交叉点上，伴随着西晋末年永嘉战乱引发的政局动荡、领土变更及大量北人南迁，原本长期处于中原地区的政治、经济、文化中心首次转移到了江南，尤其在东晋建武元年（317）晋元帝司马睿建都建康之后，建康取代洛阳首次成为全国新的政治、经济、文化中心，由此促进了"中原-南方"文化与文学的深度交融，这在中国文学发展史上具有划时代意义，所以本书探讨两晋文学版图的演变，首先需要关注和思考时间维度与空间维度如何融合的问题。

2. 静态地理与动态地理的融合

这里所说的静态地理，是指以文学家籍贯为依据并通过数据统计而还原的文学地理，所以也常称之为"籍贯地理"或"本土地理"。我国台湾地区著名地理学家陈正祥在《中国文化中心的迁移》①一文中论述中国文化中心由北而南的迁移历程，文后所附相关诗人、词人的地理分布图，即是"籍贯地理"或"本土地理"的形象显示。所谓"籍贯"，通常是指祖居地或原籍，古代是指曾祖父及以上父系祖先的长久居住地或曾祖父及以上父系祖先的出生地。所以在一定的时间长度内，以文学家"籍贯地理"为依据，然后借助数理统计的方法，即可揭示文学版图中心与边缘的内在结构及其演变趋势，也就是说"籍贯地理"在空间形态上可以作为确立文学版图中心与边缘的重要依据。与此同时，"籍贯地理"还有另一层意义，即在空间内蕴上成为文人群体的"精神原乡"，正如刘保亮《论地域作家的文化身份》一文中所指出的："籍贯所负载的不只是一个地理上的地名，一个村镇或一个山川，而是内蕴该地域的文化传统。如

---

① 陈正祥.中国文化地理［M］.北京：生活·读书·新知三联书店，1983：1-16.

果从精神分析理论看,童年和少年时代在一个人的一生中至关重要,作家本人的文化心理素质,首先来自出生地和早年的生活环境,来自他的故乡、故园,那里的自然风物、民俗人情、历史遗存等,无不从他刚刚能够理解这个世界的时候开始,便日积月累地感染熏陶,逐渐形成其最初的、最基本的地域文化心理结构"①,如果一个本籍地域作家在成年的某一时段或整个后半生离乡远走,那么以回望的写作姿态对地域文化的守护或背离,这便是"精神原乡"。所谓"精神原乡"即是此种故乡情结被不断加以强化、诗化、美化甚至神化的结果。

然而,以文学家籍贯为依据并通过数据统计而得以还原的"籍贯地理"毕竟是静态的、平面的、历时的存在,因而是一种"静态地理"。与此相对应的是一种以文学家活动为依据的文学地理,具有动态的、立体的、即时的特点,因而是一种"动态地理"。就此而论,本书第一章以文学家籍贯为依据并通过数据统计而还原的地理分布,即是一种"静态地理",而第二章至第六章以文学家活动为依据而建构的洛阳、建康、会稽、江陵、寻阳五大中心,便由"静态地理"走向"动态地理"而趋于两者的融合。举例来说,当东晋定都建康继而形成建康文学中心之际,当时文坛的主体力量是南迁江左的北方文人群体,因而建康中心所显示的文学地理属性,主要是"动态地理"而非"静态地理"。然后至咸和二年(327),因为苏峻、祖约之乱的浩劫,首都建康城成为一片荒凉的废墟。两年后即咸和四年(329),当温峤、陶侃、庾亮等人合力平叛成功之后,在众臣之间爆发了一场关于迁都的大争论:温峤请求迁都豫章,三吴豪族请求迁都会稽,而王导主张镇之以静,最后王导力排众议,决定留守建康、重建秩序②。然而南迁北人主张还都洛阳的呼声却一直没有停止,直到隆和元年(362)桓温所作《请还都洛阳疏》依然坚持认为:

---

① 刘保亮.论地域作家的文化身份[J].甘肃社会科学,2013(1):126-129.
② 详见《晋书·王导传》:"及贼平,宗庙宫室并为灰烬,温峤议迁都豫章,三吴之豪请都会稽,二论纷纭,未有所适。导曰:'建康,古之金陵,旧为帝里,又孙仲谋、刘玄德俱言王者之宅。古之帝王不必以丰俭移都,苟弘卫文大帛之冠,则无往不可。若不绩其麻,则乐土为虚矣。且北寇游魂,伺我之隙,一旦示弱,窜于蛮越,求之望实,惧非良计。今特宜镇之以静,群情自安。'由是峤等谋并不行。"

"自永嘉之乱,播流江表者,请一切北徙,以实河南,资其旧业,反其土宇。"洛阳及北方中原对于桓温、温峤等南迁北人而言,兼具"籍贯地理"与"精神原乡"的双重内涵,但随着他们迁居建康,或者流向其他区域,则又聚成诸多新的文学中心,这是从"静态地理"走向"动态地理"的必然结果。以文学版图结构观之,"动态地理"较之"静态地理"更为重要,但就其深层内涵而言,彼此之间的多重关联以及矛盾冲突才是文学主题不断深化的重要动力。

3. 外层空间与内层空间的融合

梅新林将美国斯坦福大学教授弗朗科·莫雷蒂在《欧洲小说地图集,1800—1900》中提出的"空间中的文学"与"文学中的空间"两个富有创意的概念①,提炼为文学地理学的"外层空间"与"内层空间"的"双层空间"概念,前者重点指向文人群体的地理空间,包括以文人籍贯为依据的"静态地理"与以文人活动为依据的"动态地理";后者重点指向文学作品的内在空间,主要通过文学家的想象而得以重构。若以此"双层空间"相互交融的要求来衡量,目前多数从事地域—区域文学研究的论著都侧重于"外层空间"研究,而有意无意地忽略了其与"内层空间"的贯通和融合问题。与此相反,从事空间叙事研究的论著则几乎都侧重于"内层空间"研究,显然具有某种反拨乃至矫正的作用,但同时又出现了有意无意地忽略其与"外层空间"的贯通和融合问题。由莫雷蒂"空间中的文学"与"文学中的空间"的区分与界定,到"外层空间"与"内层空间"的融合,比较科学而有效地回答了"文学地理学"融合"文学"与"地理学"的双重属性及其内在逻辑关系问题。彼此由外而内,内外结合,一同构成了完整的、立体的文学地理空间。

上述"双层空间"概念对于两晋文学版图研究的启示意义在于:本书第一章《两晋文人数据统计与地理分布》以文学家籍贯为依据并通过数据统计而还原的地理分布,是全文赖以深入研究的基础,但仅仅停留于此是远远不够的;从第二章至第六章以文学家活动为依据而建构的洛

---

① Franco Moretti: Atlas of the European Novel, 1800—1900, London: Verso, 1998: 3.

阳、建康、会稽、江陵、寻阳五大中心，已从此前的"静态地理"走向"动态地理"而趋于两者的融合，但仅仅停留于此也同样是远远不够的，因为无论是"静态地理"还是"动态地理"，都还只属于"外层空间"研究，而只有由此进而走向文本内在空间的探索与建构，才能在"外层空间"与"内层空间"的"内化"过程中实现内-外"双层空间"的一体化。比如东晋中期会稽文学中心的形成，其内在契机是咸和二年（327）苏峻、祖约之乱后从建康文学轴心向会稽文学亚中心的延伸和拓展，然而这一新中心无可替代的文学地位的确立，归根结底源于其玄言诗、山水诗本身的杰出成就——由玄学清谈之风浸染于诗歌领域而产生玄言诗，又由玄言诗进而蜕变为山水诗，最为关键的还在于玄言与山水的内在交融，由此确立了由"玄学-山水"走向"山水玄化"的独特路径与形态，从先前追求玄理与山水的互相寄寓，到在"立象尽意"中将玄学意蕴的价值内化，诗人用自己的心灵来映射山川河流，追求一种玄远、冲淡的深邃意境。正如董其昌所言："诗以山川为境，山川亦以诗为境。"如此从"外层空间"向"内在空间"的拓展与深化，才能逐渐臻于彼此深度的融合。

4. 文学地理与文学史学的融合

表面看来，文学地理与文学史学分别指向空间与时间，但其实它们同样可以在彼此的时空交集中由分而合，上引陈寅恪论文学史研究需"考定时间先后，空间离合，而总汇于一书"①，已经明确揭示了其中的内在关联。从20世纪的文学地理与文学史研究理论与实践来看，刘师培发表于1905年的《南北文学不同论》一文重在论述南北文学的不同，同时也指出南北文学之间相互交融与渗透，内容包括地域风格的典型性与传承性、南北文学的融通性以及同区文学的差异性，这是由文学地理兼具文学史研究；而王国维出版于1915年的《宋元戏曲史》则于第九章"元剧之时地"同时考察元曲的时代变迁与空间分布，并在文献考证的基础上一一列表明示，由此揭示元曲的时代精神及其与南北文化变迁与交融的内在关系，这是在文学史研究中兼具文学地理研究。然后至20世纪后

---

① 陈寅恪. 元白诗笺证稿［M］. 上海：上海古典文学出版社，1958：9.

期,由"重写文学史"与"重绘中国文学地图"讨论之分合,更加集中凸显了文学地理与文学史学相互融合的必要性与可行性。杨义主张"重绘中国文学地图"时强调:"我们过去基本上都是侧重从时间维度研究文学,对空间维度重视不够。我使用'地图'这个说法的用意,就是想在文学研究比较侧重时间维度的基础上强化空间维度"[①],可见,"重绘中国文学地图"既是一个文学地理的命题,同时也是一个文学史的命题,是两者的合二为一。

基于同样的缘由,本书以"两晋文学版图演变研究"为题,更应自觉追求文学地理与文学史学的融合。应该说,就既有相关成果来看,从事两晋文学地理研究的学者,其文学史意识普遍不够强,而从事两晋文学史的研究者则多对文学地理关注不够。鉴于此,本书在第一章籍贯地理分布研究的基础上,一方面在五大文学中心的依次展开过程中努力强化文学史意识,即在关注空间流向中同时关注时间流程及其相互转化,因为五大中心尽管一直与两晋相始终,但其盛衰变化却有各自不同的时间节点,比如西晋的洛阳中心,东晋前期的建康中心,中期的会稽、江陵中心,后期的寻阳中心,其中各文学中心的地理分布是"空间"的,但不同文学中心的依次转移以及各文学中心的盛衰变化却是"时间"的。另一方面,更为重要的是在第七章对于两晋文学版图演变的文学史意义的归纳与总结,依次为:五大文学中心的时空演进;两条文学轴线的纵横交融;双重原型空间的深远影响。

以上四个层面的"融合",既是本书学术宗旨的内在要求,也是由此进而展开学术反思与建构的学理依据。

二、创新体会

本书借鉴文学地理学的理论与方法,旨在还原和揭示两晋文学版图的演变轨迹与规律,然后借此重新审视和诠释其文学史意义与价值,力图在前人既有研究成果的基础上有所突破、有所创新。概括起来主要有

---

① 杨义.重绘中国文学地图的方法论问题[J].学术研究,2007(9):129-135.

以下几点创新体会：

一是通过对两晋文人重新进行考证与统计，为两晋文学版图演变的研究与意义阐释奠定坚实的文献基础。如前所述，对两晋文人的籍贯分布统计，此前已有一些学者做过此类工作，但因为他们的统计对象处于通代的时间跨度，因此在文人取舍、朝代归纳、重名异名等方面存在不够精细、不甚周全的缺憾。本书的数据以《晋书》《全晋诗》《全晋文》《世说新语》原文为来源主体，同时参考了《中国文学家大辞典》《东晋南北朝学术编年》《东晋文艺系年》等前人研究成果。在统计方面，除了上述材料之外，还充分利用《中国基本古籍库》《鼎秀古籍全文检索平台》《爱如生中国方志库》《民国地方志资源库》《中国数字方志库》、谷歌学术等搜索平台或引擎，这些电子工具都为本书的研究提供了极大的便利。

对于两晋文人的考据与统计，力求细致、准确，都是为了给全书后续的讨论、分析奠定坚实基础。沿着文人们的流动轨迹、人物关系圈，再去对照他们创作的诗文作品，就能发现两者在题材、文体、风格、审美上，或多或少都有一些有趣的因果关联。陶渊明、袁宏、罗含、顾恺之等重要文人，尤其如此。通读、细读文本，才能发现其中一些同题之作、相同意象的运用、类似写作手法的传承，因为作品创作中或明显或隐晦的变化始终伴随着文人迁移的变化。当然，从文学地理学的视角来看，对两晋文人籍贯重新进行考据与统计，目的是本土文学版图的还原，从而为两晋文学版图演进及其文学史意义的还原与探讨奠定更为坚实的文献根基。

二是率先提出洛阳、建康、会稽、江陵、寻阳五大文学中心的构想，并进而探讨了这五大文学中心的时空演进模式。鉴于长期以来学界对于两晋文学地理整体研究的缺失，所以迄今为止尚未建立两晋文学版图的时空演进模式。从既有的局部研究成果来看，西晋洛阳文学中心首先受到普遍的关注和重视，其中侧重于本土文学地理研究的如曾大兴《中国历代文学家之地理分布》、胡阿祥《魏晋本土文学地理研究》，分别在"中原地区"与"河淮地区"中作了重点论述，而梅新林《中国文学地理形态与演变》则进而就"西晋时期中原核心区系的继续内聚"作了扼要的讨论，认为"经三国核心区系的逐步内聚，再到西晋，重心完全收缩于首都洛阳，洛阳所在中原区系真正成为核心区系，所以三国、两晋逾两百年的文学地理演变是向核心区系内聚，正与东汉的由核心区系向外扩散相反。"再就东晋文学中心研究成果而论，王德华《东晋文学的主题变迁与地域分布》一文颇具亮点，将东晋百余年间的文学主题演变划分为三个阶段，分别对应于建康、会稽、寻阳三个文学中心，但该文忽视了西部江陵文学中心及其与东部文学中心的互动，也缺乏对文学版图演变内在动力、逻辑的深入辨析。本书通观两晋文学版图的演变趋势，首先总结和归纳出西晋洛阳以及东晋建康、会稽、江陵、寻阳五大文学中心。

这五大文学中心之所以能得到完整建构，一个重要原因在于通过"动态地理"研究而对西部江陵文学中心及其连接东部建康文学中心的"文学走廊"的发现与阐释；其次，将洛阳、建康、会稽、江陵、寻阳五大文学中心划分为两个层级，即洛阳、建康分别作为两晋的首都，具有高出一般中心城市、一般文学中心的功能，所以为了显示彼此之间的区别，称此两者为"文学轴心"，而将其他三大文学中心通称为"文学亚中心"；再次，不仅还原了洛阳、建康、会稽、江陵、寻阳五大文学中心的空间流向，而且探讨了这五大中心兴衰的时间历程，所以是时间维度与空间维度的相互交融；最后，在从"静态地理"走向"动态地理"研究的基础上，进而从"外层空间"走向"内层空间"研究，着重就五大文学中心不同主题的聚焦与演变作了简要的探讨，从西晋洛阳文学中心"忧生"主题的聚焦，到建康文学中心"中兴"与"玄谈"——会稽文学中心"玄言"与"山水"——江陵文学中心"山水"与"嗟时"，最后归结于寻阳文学中心"田园"与"禅理"的二重组合与变奏。如此，则可以更完整地还原和建构两晋文学版图的时空演进模式。

三是率先提出"南-北""东-西"两向文学轴线的构想，并进而探讨了这两向文学轴线的纵横交融机制。美国学者贾雷德·戴蒙德在《枪炮、病菌与钢铁：人类社会的命运》中探讨各个大陆板块人类命运不同的原因时，特别指出一点：以南、北方向为轴线的大陆板块总是比以东、西方向为轴线的更难沟通与融合。①两晋文学版图时空演进的趋势与原理似乎与此具有某种相通之处。鉴于长期以来学界多以"南-北"文学中心的迁移与交融作为研究的重中之重，而普遍忽略了与之相呼应的"东-西"方向上文人群体的双向互动与深远影响，所以提出"南-北""东-西"两向文学轴线的构想，并进而探讨这两向文学轴线的纵横交融机制如何别具一番新的意义。实际上，据《晋书》多处所载，庾亮、温峤等名臣将江州上游称为"西土""西陲"，而将前往江州下游的建康、会稽等地称为"东下""东归"，前者如《晋书·甘卓传》："卓寻迁安南将军、梁州刺史、假节、督沔北诸军，镇襄阳。卓外柔内刚，为政简惠……西土称为惠政。"《晋书·庾亮传》："峻遂与祖约俱举兵反……亮并不听，而报峤书曰：'吾忧西陲过于历阳，足下无过雷池一步也。'"后者如《晋书·王徽之传》："后为黄门侍郎，弃官东归，与献之俱病笃。"《晋书·帝纪》："三年春二月，帝在寻阳。……辛酉，刘裕诛尚书左仆射王愉、愉子荆州刺史绥、司州刺史温详。辛未，桓玄逼帝西上。……庚寅，帝至江陵。庚戌，辅国将军何无忌、振武将军刘道规及桓玄将庾稚、何澹之战于溢口，大破之。玄复逼帝东下。"由此可见，东、西部的地理概念与划分早在东晋时即已存在。

由于荆州与扬州分别处于长江中游与下游流域，荆州治所江陵与扬州治所兼全国首都建康皆为长江临江城市，伴随着与东晋相始终的"荆扬之争"，并得益于两大城市本身以及长江水道的天然地理优势，既由分属东、西部的建康、会稽与江陵相继形成三大文学中心，又由三大中心之间文人群体的频繁互动而形成东西文学轴线，在东晋文人群体的双向互动中发挥了至关重要的作用。有鉴于此，本书力图在以下几个层面取得新的突破：首先，对通常容易被学界所忽略的江陵文学中心进行再发掘，因为尽管从"静态地理"来看，江陵文学中心并不起眼，本土文学家为数不多、文学影响力不显著，但由于荆州在东晋军事与经济上的特殊地位，以及以强势藩镇为中心的幕府文人群体的形成，显然弥补了西部本土文学薄弱的固有缺陷，并通过有效整合荆州境内外文学资源而重

---

① 作者从生物学、地理学交叉的新奇角度探析为何各个大陆板块的人类发展、命运产生巨大差异，获得了1998年的普利策奖。2006年上海世纪出版集团出版了谢延光的译本。

建西部江陵亚文学中心；其次，是对东晋"东-西"方向最为重要的"文学走廊"概念的提炼与阐释，虽然建康、会稽-江陵文学中心在本土文学力量上不对等，且与贯穿东晋的"荆扬之争"的此起彼伏亦不相称，然而伴随着"荆扬之争"及幕府文人群体的相互流动，东西"文学走廊"得以最终形成——在东晋籍贯可考的111位著名文学家中，明确留下东、西向流动经历记载的达到47位，他们几乎涵盖了东晋所有的重要作家，包括门阀士族与寒门庶族两大群体。东、西部文人的双向流动主要通过走访、征辟、出使等方式，其中从西向东流动的有10位文人，而从东向西流动的则有37位文人。从人数上比较，后者是前者的3倍多。东部文人大批量地向西部流动，这也从侧面印证了荆州作为东晋西大门、半壁军力及权臣所在的重要地理位置。而且随着"荆扬之争"中西部数次的占据上风，文人向西流动的人数不断增加，东西互动的频率也有所加快；再次，是对"东-西"方向"文学走廊"之间的文学比较、分析，除了彼此在"中兴"这一时政主题上的相通，及西部幕僚的身世感慨不同于东部士族之外，西部文人所擅长的"山水诗化"，明显不同于东部文人惯用的"山水玄化"——前者摆脱了玄学的束缚而回归和凸显山水的诗意境界，而后者则因为玄学的内化而多了一份玄远的雅致与隽永的意蕴，彼此各有独立存在的价值，但又相互影响，相互吸取，一同为东晋山水文学的成长与兴盛做出了重要贡献；复次，是对"东-西"方向"文学走廊"多重功能与意义的总结，东晋建康、会稽、江陵、寻阳四大文学中心之间的互相联动，最后归结于寻阳这一文学亚中心。这不仅因为寻阳在地理上处于建康、江陵两大文学中心之中，更因为分处于其东、西不同方向的建康、会稽与江陵三大文学中心为其提供了可供汲取与升华的大量文学成果与创作资源；最后，是以"东-西"之"文学走廊"与"南-北"之"文学轴线"相互交叉，建构为完整、双向的两大文学轴线的纵横交融机制。如果说东部由建康而走向会稽文学中心，是对东晋固有南北文学轴线的延伸，那么由建康、会稽而走向江陵则是对东晋固有东西文学轴线的拓展。最终则由寻阳文学亚中心对南北-东西文学轴线加以总结。

四是率先提出"会稽-山水""寻阳-田园"双重原型空间的构想，并进而探讨了这双重原型空间的深远影响。英国"新文化地理学"代表人物麦克·克朗《文化地理学》所论"文学文本中的空间",重点讨论了"家园感"的问题,并一路往前追溯至中东的早期史诗《吉尔伽美什》(Gilgamesh)、古希腊荷马史诗《奥德赛》(Odyssey)、古希腊悲剧埃斯库罗斯的《俄狄浦斯王》(Oedipus Rex),认为所有我们可能想到的童话故事、骑士传奇和数以百计有着英雄情节的小说故事(包括传奇故事和现代的游记),一再演绎了这一模式①。这些都是确立原型空间并引入原型批评理论加以阐释的典型案例。

以此为参照,"会稽-山水""寻阳-田园"双重原型空间首先缘于其隐喻性,即具有"土地情结"与"自由精神"双重象征意义。"土地情结"源远流长,是一种积淀并潜藏于人们心灵世界的深层情感,大致相当于美国人本地理学家创始者段义孚提出的"恋地情结"。段义孚对"恋地情结"所作的释义是:"'恋地情结'是一个新词,可被宽广地定义为包含了所有人类与物质环境的情感纽带。……这种反应也许是触觉上的,感觉到空气、流水、土地时的乐趣。更持久却不容易表达的感情是一个人对某地的感情,因为这里是家乡,是记忆中的场所,是谋生方式的所在。"②"'恋地情结'的表现方式很多,情感反映范围和强度有很大区别"③,主要体现在三个方面:其一是审美反应,其二是触觉上的快乐,其三是家园感。④而"自由精神"则集中体现为"山水""田园"作为远离庙堂、远离尘世、远离功利的理想之所,是文人独立人格与自由精神的象征。"仰观宇宙之大,俯察品类之盛,所以游目骋怀,足以极视听之娱,信可乐也"(王羲之《兰亭集序》),"结庐在人境,而无车马喧。问君何能尔?心远地自偏。采菊东篱下,悠然见南山。山气日夕佳,飞鸟相与还。此中有真意,欲辨已忘言"(陶渊明《饮酒·其五》),这种独立人格与自由精神只能在如此富有纯粹性与诗意化的"山水""田园"中

---

① 麦克·克朗. 文化地理学[M]. 杨淑华, 宋慧敏译. 南京:南京大学出版社, 2005:43.
② 约·瑟帕玛. 环境之美[M]. 武小西译. 长沙:湖南科技出版社, 2006:196.
③ Tuan Y F. Topophilia: A Study of Environmental Perception, Attitudes and Values, Englewood Cliffs, New Jersey: Prentice-hall, Ine, 1974, 93.
④ 宋秀葵. 段义孚人文主义地理学生态文化思想研究[D]. 济南:山东大学博士论文, 2011.

有所寄托，并得以呈现，同时也是历代文人力图摆脱"出世"与"入世"双重人格纠结的内在追求。

其次，是"会稽-山水""寻阳-田园"双重原型空间的景观性。"景观"作为文化地理学的一个重要概念，被迈克·克朗的《文化地理学》在对文化、景观、空间三个概念的全面重构中赋予了新的意义，强调"将地理景观看作一个价值观念的象征系统，而社会就是建构在这个价值观念之上的。从这个意义上说，考察地理景观就是解读阐释人的价值观念的文本。"①而且还将"文化地理景观"概念推向文学地理学领域，提出"文学景观地理"的新概念，并作出了富有创意的新的阐释。同样，"山水""田园"作为一种文学景观，既有其独特形态与呈现方式，又被赋予了各种精神的寄托与象征。上引陶渊明《饮酒》其五："结庐在人境，而无车马喧。问君何能尔？心远地自偏。采菊东篱下，悠然见南山。山气日夕佳，飞鸟相与还。此中有真意，欲辨已忘言"，这种山水田园景观只是属于陶渊明的，因为它不仅充盈着强烈的陶氏气息，而且简直就是陶渊明人格精神的化身。

再次，是"会稽-山水""寻阳-田园"双重原型空间的审美性。先就"会稽-山水"原型空间而论：其一，"会稽-山水"经历了从玄言诗向山水诗的演变，其主流是"玄学-山水"的"山水玄化"；其二，"会稽-山水"同时吸取江陵文学中心"地志-山水"的"山水诗化"，融合铸就了相对成熟的山水文学；其三，由"会稽-山水"走向寻阳文学中心，一方面由慧远在兼取上述"山水玄化"与"山水诗化"的两相交融中另行融入佛理与禅趣，另一方面则由慧远信徒兼画家的宗炳在《画山水序》中提出著名的"神畅"说并开启了后代山水诗画合一的先声。再就"寻阳-田园"原型空间而论，也同样是在充分吸取上述"山水玄化"与"山水诗化"以及佛理、禅趣等基础上的崭新创造。陶渊明之所以能从此前的登临游览山水直接转化为躬耕田园生活，从偶尔感悟自然的玄远意境走向直接置身于田园风景的生活日常，最为关键的是他真正选择躬耕田园的生活而又致力于田园诗创作——田园不仅成为其生活的重要组成部分，

---

① 麦克·克朗.文化地理学［M］.杨淑华，宋慧敏，译.南京：南京大学出版社，2005：25.

更是与其生命不可分割的精神象征。

最后，是"会稽-山水""寻阳-田园"双重原型空间的再生性。因为分别发端于"会稽""寻阳"的"山水""田园"本身是一个开放的系统，具有不断重释与再生的潜在功能，由此直贯唐宋以后的山水、田园诗脉，可谓经久不衰、历久弥新。诚如张伟然在《中古文学的地理意象》一书中所论："在中国文学题材的演进史上，地理经验堪称第一等重要的原动力。"①"如果说，九江是中国田园诗的摇篮，浙东是中国山水诗的胜地，那么，是北方人的眼光，是北方原有地理经验的映衬，才让他们成为摇篮和圣地。田园诗、山水诗，不折不扣地是一波地理大交流的结果。"②所以，会稽、寻阳两大文学亚中心作为重点孕育和催生中国山水诗、田园诗的摇篮与圣地，由此升华为东晋具有原创意义与持久影响力的两大文学原型空间，的确是当之无愧的。

五是多种方法的交融整合与综合运用，在两晋文学版图演变的研究与意义阐释中发挥了重要作用。文学地理学作为融合文学与地理的交叉学科，需要综合运用跨学科的研究方法，其中最为关键的是科学实证与审美感悟的有机统一。本书大致整合了文献考证、数据统计、文献研读、比较分析以及逻辑推理等研究方法，力图加以综合运用。

其一是文献考证方法，这是本书综合运用的最为基础的方法，主要通过相关文史典籍及新建的电子数据库，首先关注两晋文人群体的籍贯，以此作为数据统计与地理分布的依据，但本书在对265位可考文人籍贯稽考的同时，又进一步推及文人的生卒年、地域归属、移民代际、姻亲网络、交游关系、文学作品等要素，并在"证实"之外注重"纠错"。兹以曾大兴的《中国历代文学家之地理分布》为例，此书在晋代下误录了三国张俨、北朝裴让之、南朝褚贲等人；将"樊孙"误为一个晋人名——汉代樊光、曹魏孙炎二人并称为"樊孙"；将庾阐归入西晋文学家，但庾阐少年时随舅舅一家南渡，他的多数生平活动、文学创作都发生在东晋的江南，所以收录为东晋文学家更合适；遗漏了在佛教文学上主张意译、影响深远的高僧鸠摩罗什，还有东晋初年的重臣纪瞻、会稽

---

① 张伟然.中古文学的地理意象［M］.北京：中华书局，2014：314.
② 张伟然.中古文学的地理意象［M］.北京：中华书局，2014：312.

名士虞喜、东晋田园诗人湛方生等人,以上文人如湛方生者,其生卒年、籍贯皆不可考,虽然所作作品比较重要,但生平资料的贫乏也许是曾本未作收录的原因。但也有一些文人,如嵇康兄长嵇喜之子嵇蕃,《晋书》有传,《全晋文》中有其文传世,曾本也未收录。又如一些武将,像没有文学作品记载或传世的陶浚,也作为文人进行统计,应属不妥。也许是因为他有明确史载的籍贯,但如果是以籍贯可考为选录标准,为何又不算入他的兄长陶璜?2000年商务印书馆出版的《中国历代文学家之地理分布》统计,西晋52年129人,东晋104年135人,但因为朝代错乱、人名混淆等原因,需要剔除一些误录人物,另外增加一些遗漏收录的重要文人:如"二十四友"之一的邹捷、著《投壶经》的虞潭、作《益州记》的任豫、作《魏晋世语》的郭颁、隐居庐山的名士翟汤、作《团扇歌》的女诗人谢芳姿等。以上这些错误,都在本书的文献考证中得到了一一纠正。

其二是数据统计方法。即将以上文献考证成果数据化,再以此统计数据作为文人籍贯地理分布整理的主要依据。比如由西晋文人数据统计可以看出:西晋文学家分布最多的是以颍川郡、河内郡、陈留郡为代表的中原区域,其次是以吴郡、会稽郡、广陵郡为代表的吴越区域,再次是以琅琊郡、高平郡、平原郡为代表的齐鲁区域。而由东晋文人数据统计则可以看出:东晋文学家分布最多的仍是以琅琊郡、陈郡、河东郡、谯国等为代表的北方地区;其次是以建康、丹阳、会稽郡、吴郡为代表的吴越区域;最后是以荆州、南郡、衡阳郡为代表的荆楚区域。由此地理分布的还原可以进而走向对文学中心、亚中心与边缘地带的确立。

其三是文献研读方法。这里所说的文献研读,包括历史文本与文学文本的细读与互读。本书努力尝试对260多位两晋文人作出各自可考的流动轨迹路线,尤其是史籍确切记载的个人辗转各地的仕宦履历,考察他们在动态迁移中产生的交游关系、受到不同地域文化的影响,以期对静态分布的研究做一个补充。然而研究难点在于:两晋文人的年谱、交游考较少,尤其是一些文学史中不太知名的,但从流动轨迹、创作特色层面又很有研究价值的文人——如孟嘉、杨方、湛方生、曹毗、宗炳等,这就需要从少量的文人个案研究和方志库中搜寻材料;而已有的成果中也有很多不同观点和争议，陶渊明、王羲之等重要文人的生卒年都存在多种说法而莫衷一是。本书多从最新的考古成果或地方志研究成果出发，依据其本人或亲友的墓志铭、家谱或地方志材料记载做出较为可信的判断；有些文人生平只有某些时段的生活轨迹，如成名前、退隐后，不可考或记载有矛盾，这些都只能暂且留白不录。所有这些都需要对相关文史文本进行研读与互读方能有所收获。

其四是比较分析方法。除了个案、专题的比较分析之外，还以此应用于宏观方面——以本书对文人南北、东西向流动的比较、分析为例：前者聚焦于西晋"南人北上洛阳后的交游与创作"与东晋"北人南下建康后心态与南北差异"的探讨，同时围绕两晋"北人南化""南人北化"和东晋东、西部文人的双向互动等问题，以此始终渗透于全文之中；后者则聚焦于建康、会稽和江陵这一"东-西"方向上的"文学走廊"，认为通过对其形成机缘、文人互动与文学交融的还原与探索，不仅有益于重新认识这一东西"文学走廊"本身的重要价值，而且有助于深入诠释东晋文学版图的内在结构及其文学史意义，即主要借助比较分析方法而得以展开。及至最后"南-北""东-西"两向文学轴线纵横交融的分析，更是比较分析方法的综合运用。

其五是逻辑推绎方法。这集中体现在第七章中，包括五大文学中心的时空演进、两向文学轴线的纵横交融、双重原型空间的深远影响这三大论题，都是重点运用逻辑推绎方法而得出的结论，也是对上述文献考证、数据统计、文本研读、比较分析等方法的综合运用与升华。

然而以更高的学术要求相对照，本书还存在着诸多不足和缺陷：一是在结构上，第一章与其后六章衔接得不够紧密，而第七章还需要加以进一步的提炼和升华；二是在论述上，有的地方思路不够清晰，逻辑不够严密，内涵不够细化；三是在地图上，由于专业的局限，全文缺失本应配置的文学地图，所以难以臻于图文相见互渗的效果。所有这些，都需要在今后的反复修改中逐步加以完善。

著　者

目 录

第一章 两晋文人数据统计与地理分布 ········· 1

第一节 西晋文人考录与地理分布特点 ········· 3
一、西晋文人籍贯、作品等信息考录 ········· 3
二、西晋文人地理分布的特点与趋势 ········· 4

第二节 东晋文人考录与地理分布特点 ········· 8

第二章 西晋洛阳文学中心 ········· 15

第一节 在洛文人经历的南北迁移 ········· 16
一、曹魏入晋后有南游经历的洛阳北人 ········· 16
二、吴蜀灭亡后北上入洛的南人 ········· 19

第二节 南人北上洛阳后的交游与创作 ········· 21
一、南人入北的待遇与身份认同 ········· 21
二、南人在洛的交游与创作特色 ········· 23
三、"二十四友"中南北文人的构成与创作 ········· 24

第三节 洛阳文学中心强化的"忧生"主题 ········· 27
一、"忧生"主题下悲慨与华丽的文学风格 ········· 27
二、洛阳文学对东晋南渡后文学的影响 ········· 30

第三章 东晋初期建康文学中心 ········· 33

第一节 建康文学中心的形成 ········· 34
一、永嘉之乱与衣冠南渡的不同路线 ········· 34

二、"百六掾"成员与笼络南士 ……………………………… 36
第二节　北人南下建康后的心态与南北差异 ……………………… 38
　　一、南渡北人的心态与身份认同 ………………………………… 38
　　二、南北文人的差异与融合 ……………………………………… 44
第三节　建康文学中心凸显的"中兴"主题 ……………………… 52
　　一、建康文学中心绮靡与玄淡的双面风格 …………………… 52
　　二、建康文学中心产生的影响 ………………………………… 55

第四章　东晋中期会稽文学中心 ……………………………… 57
第一节　苏峻之乱与建康——会稽中心的兴替 ………………… 58
第二节　北人移民后代的江南本土情结 ………………………… 60
　　一、土断入籍与北人移民二、三代身份认同的变化 ………… 60
　　二、中原向心力的弱化与反对回迁中原 ……………………… 61
第三节　南北士族文人融合的兰亭雅集 ………………………… 63
　　一、兰亭雅集的成员关系与南北士族文人比例 ……………… 63
　　二、东部兰亭诗人与西部荆楚文人的互动及影响 …………… 65
第四节　会稽文学中心的主题：玄言与山水文学 ……………… 68
　　一、南渡玄风、西部摹景东传与会稽山水文学 ……………… 69
　　二、南方吴越本土缠绵细腻的审美传统 ……………………… 70
　　三、南渡北人对江南民间乐府的吸收 ………………………… 72
　　四、会稽文学中心的深远影响 ………………………………… 74

第五章　东晋中期江陵文学中心 ……………………………… 77
第一节　西陲江陵文学中心的形成 ……………………………… 77
　　一、"荆扬之争"与荆州西部中心地位的凸显 ……………… 78
　　二、桓温对会稽、建康著名文人的强行征召 ………………… 79
第二节　东、西部文学中心的鲜明差异 ………………………… 82

一、地域文化差异：荆楚故地与吴越故地 …………… 82
　　　二、政治局势对立：荆扬之间中央与强藩的斗争 ……… 82
　　　三、文人身份差异：西部寒门庶族与东部门阀士族 …… 83
　　　四、文学创作差异：题材与审美 ……………………… 85
　　第三节　江陵与东部会稽、建康文学中心的互动 ………… 86
　　　一、桓温幕府中东、西部文人频繁的双向互动 ………… 86
　　　二、江陵山水文学对会稽文学中心的东传与影响 ……… 89
　　第四节　江陵文学的主题：应制与嗟时文学 ……………… 95
　　　一、江陵中心应制文学之盛 …………………………… 95
　　　二、江陵中心的"嗟时"主题 ………………………… 97

第六章　东晋后期寻阳文学中心 ………………………………… 101
　　第一节　寻阳文学中心的形成 ……………………………… 101
　　　一、寻阳：东、西交汇的中心点与必经之地 …………… 102
　　　二、孙恩之乱、佛道兴衰与会稽——江州的中心转移 … 103
　　第二节　文人流动对寻阳文学的重要影响 ………………… 105
　　　一、陶渊明在东、西部之间的流动及对其创作的影响 … 105
　　　二、慧远与东、西、西北三地文人的交往 ……………… 110
　　第三节　寻阳文学中心的主题：宗教与田园文学 ………… 111
　　　一、慧远白莲社等人的游庐山作品 …………………… 111
　　　二、陶渊明在寻阳庐山下的隐逸及创作 ……………… 113
　　　三、寻阳文学对后世江南文学的影响 ………………… 115

第七章　两晋文学版图演变的文学史意义 ……………………… 119
　　第一节　五大文学中心的时空演进 ………………………… 120
　　　一、两大都城轴心的时空演进 ………………………… 120
　　　二、三大文学亚中心的时空演进 ……………………… 121

第二节 两大文学轴线的相互交融 …………………… 127
一、"南-北"方向文学轴线 …………………………… 130
二、"东-西"方向文学轴线 …………………………… 132
第三节 双重原型空间的深远影响 …………………………… 134
一、会稽——"山水文学"原型空间的影响 ………… 136
二、寻阳——"田园文学"原型空间的影响 ………… 139

结　语 …………………………………………………………… 145

参考文献 ………………………………………………………… 149

第一章 两晋文人数据统计与地理分布

对两晋文人的籍贯分布统计,此前已有一些学者做过此类工作。但由于他们的统计对象处于通代的时间跨度,因此在文人取舍、朝代归属、重名异名等方面存在不够精细、不甚周全的缺憾。本章对两晋文人生卒年、籍贯地、南北地域归属、交游关系、作品收录的梳理、统计,以列表方式予以呈现,也是后续章节进行研究、分析的重要数据基础。

1. 两晋文人的数量

本章共统计了265位文人——123位西晋文人,142位东晋文人,统计表格详见浙江师范大学2019年博士学位论文《西晋文学版图的演变及其文学史意义》。以逯钦立《先秦汉魏晋南北朝诗》、严可均《全上古三代三国秦汉六朝文》中的全晋诗、全晋文的作者和《晋书》记录人物为主要的统计来源。其中,一些诗文作者无法考证籍贯、生卒年甚至人名的,无法收录。有些生卒年不详、但留有事迹载录,或作品虽少却精的人物,如湛方生、刘驎之、陈眕等,也仍加以记录。又因为表格基本按照生卒年份的先后排列,所以生卒年不详者只能考察、分析其留有事迹的年份,在生卒年一栏注明"约某年份前后在世",以便排序。还如前所述,对曾大兴《中国历代文学家之地理分布》版的一些失误做了纠正。

2. 对生卒年说法的选择与推论

以陶渊明和王羲之为例,都存在三种以上的生卒年说法,对这种疑难案例的处理,本书主要依靠新出考古材料的补充和地方志材料的记载。对陶渊明生平的研究成果很多，结合地方志、族谱、实地考察的结论较有说服力。王羲之的生卒年，则根据他与同辈王述、下辈王坦之、谢安及其七个儿子的年龄，再参考2006年会稽金石博物馆张笑荣发现的《郗璿墓识》做出判断。郗璿是太尉郗鉴之女，为王羲之生育了七子一女。墓志记载截文："晋前右将军会稽内史王府君夫人高平金乡都乡高平里郗氏之墓识""前右将军会稽内史琅琊临沂都乡南仁里讳羲之逸少年五十六""升平二年戊午岁四月甲寅朔七日庚申薨"，由此可见，358年夫人去世时王羲之56岁。加之《晋书》称王羲之"年五十九卒"，则王羲之生卒年应为303年至361年，这也符合学界此前争论的三种主流说法之一。

其他文学史上知名度较低的文人，研究材料较少，更多的只能通过其作品内容、简短事迹的记载，做出一个推论。以湛方生为例，生卒籍贯都无法考证，只能通过其在《庐山神仙诗》自序中纪时的"太元十一年"，在生卒年一栏记录为"约386年前后在世"。再通过其曾任西道县（今湖北宜都市陆城）县令，作有《帆入南湖》《灵秀山铭》等信息，推论其生平曾在湖北、鄱阳湖、庐山等地活动，基本属于东晋西部地区的文人。

3. 对南北归属状况与移民代数的推论

许多文人的出生地、成长地并非在祖籍地，而在父亲、族叔伯仕宦的任职地，并随之迁徙。王羲之即是典型，其父王旷仍在北方时，他出生在江南无锡，少年时期在建康依附家族中的堂叔伯王敦、王导，后来出仕和归隐的大部分时光又都在会稽度过。从未接触过祖籍地、北方的琅琊临沂，虽有王氏一族的家学熏陶，但比上一辈更愿吸纳江左的本土文化，也摆脱了族叔们侨居流寓他土之感，开始对江南产生家园情结。而他的第七子王献之身为移民三代，更是能拟江南民间乐府作《桃叶渡》。南渡北人随着繁衍代际数的增加，在移民二代、三代这些出生于江南的移民后裔中，已经显现出北人南化、融入南土的重要倾向。

记录文人南北、东西部的归属状况和移民代数，主要依据文人的出生年份、籍贯、父辈的流动轨迹、关于其人最早的史载资料、地方志材料，"移民一代"和"北人南生"的区别在于：前者出生、成长于北方，而后者，类似王羲之，出生在江南，但他的家族长辈先他成为"移民一代"。"北人南生"大多属于移民二代，也有少量移民三四代，毕竟东晋只存续了103年。除了出生地的鉴别，还有生平活动中的迁移轨迹，如西晋时从北外任南方，东晋时参加北上讨伐中原，都会注明"由北仕南"或"由南伐北"。

另外，如果祖父辈和父辈在永嘉时期一起渡江南下，则后来出生于江南的孙子辈在本书中仍记录为移民二代，这能使考察他们身份认同、心态改变、江南本土家园情结时的对比取样，更加合理。

4. 重名、改名、异体字的状况

如"王沈"之类的同名文人，从"字"、籍贯和作品等方面进行辨别区分；王羲之夫人有郗璇、郗璿两种称呼，因"璿"是"璇"的异体字。

5. 史书中籍贯无记载，但可利用旁人资料进行对比、推论的情况

以女作家李婉的籍贯考证举例：张缉是前凉州刺史张既之子，李丰也是世家子弟，两者是同乡；而张缉父亲张既，字德容，冯翊高陵人，因为同乡之故，李丰自然也是冯翊高陵人；李婉籍贯从其父亲李丰，所以得考。虽不敢为定论，但本书姑且以此种推论方法来做统计。

另外，再有考古发现新的两晋文人、作品或旧有文人籍贯得考的情况，增加的变量都是少数，统计所占百分比会有些差别，但不会影响占比统计、分布特点分析的最后结果。

第一节　西晋文人考录与地理分布特点

西晋建都洛阳，由于"首都圈"政治、文化中心的优势，自然吸纳了大多数的门阀家族就近定居。通过相关文献考证、统计，所得西晋文人123位，也主要汇集于首都洛阳，洛阳因此成为两晋文学版图中的第一个文学中心。

一、西晋文人籍贯、作品等信息考录

本书的"南方"大多时候相当于"泛江南"的地域概念。但在具体

划分上,因三国两晋多处于分裂状态,南北的分界线常会随着战势推移、变化:三国时的荆州就在吴、蜀、魏三方之间反复争夺;东晋淝水之战后谢安北伐,也曾一度把东晋势力范围从长江以南推进到黄河以南。因此,南、北的地理范围存在波动,无法脱离具体年限来划分。本书多用长江作为大致的南、北划分基线,后文的东晋文学也仅限东晋政权领地内的文学,不包含北方五胡十六国的文学。

二、西晋文人地理分布的特点与趋势

据以上统计,西晋文人共123位,其中,籍贯不详1人。对其余文人具体的籍贯分布、同郡人数、大郡所占百分比,统计如下(表1-1)。

表1-1 西晋文人籍贯分布及占比统计表

各郡县的文人分布	同郡人数	大郡占比	今省人数
(司州)荥阳开封(今河南开封)1人	荥阳3人	2.4%	河南41人（占33.3%）
(司州)荥阳中牟(今河南郑州中牟)2人			
(兖州)陈留尉氏(今河南开封尉氏县)5人	陈留7人	5.7%	
(兖州)陈留考城(今河南兰考)1人			
(兖州)陈留圉(今河南通许)1人			
(豫州)陈国阳夏(今河南太康)3人			
(司州)河内怀县(今河南武陟)2人	河内5人	4.1%	
(司州)河内怀人(今河南沁阳)1人			
(司州)河内温县(今河南温县)2人			
(司州)司州偃师(今河南偃师)1人			
(司州)司州洛阳(今河南洛阳)2人			
(豫州)豫州颍川(今河南许昌)2人			
(司州)东郡白马(今河南滑县)1人			
(豫州)颍川长社(今河南长葛)3人	颍川6人	4.9%	
(豫州)颍川鄢陵(今河南鄢陵)2人			
(豫州)颍川颍阴(今河南许昌)1人			

续表

各郡县的文人分布	同郡人数	大郡占比	今省人数
（荆州）南阳新野（今河南新野）2人	南阳4人	3.3%	
（荆州）南阳淯阳（今河南南阳）1人			
（荆州）南阳西鄂（今河南南召）1人			
（豫州）襄城邓陵（今河南襄城）1人			
（荆州）江夏钟武（今河南信阳）1人			
（豫州）汝南南顿（今河南项城南顿）1人	汝南3人	2.4%	
（豫州）汝南安成（今河南汝南）1人			
（豫州）汝南西平（今河南西平）1人			
（豫州）梁国（今河南商丘）1人			
（司州）弘农湖县（今河南灵宝故函谷关镇）1人			
（并州）太原晋阳（今山西太原）3人	太原5人	4.1%	山西15人（占12.2%）
（并州）太原阳曲（今山西太原阳曲）1人			
（并州）太原中都（今山西平遥）1人			
（并州）平阳襄陵（今山西襄汾）2人			
（并州）代郡（今山西大同）1人			
（司州）河东安邑（今山西夏县北）3人	河东7人	5.7%	
（雍州）河东闻喜（今山西闻喜）4人			
（扬州）吴郡钱塘（今浙江杭州）1人	吴郡8人	6.5%	浙江2人（占1.6%）
（扬州）吴郡富阳（今浙江富阳）1人			
（扬州）吴郡吴县（今江苏苏州）6人			江苏12人（占9.8%）
（徐州）徐州广陵（今江苏扬州）3人			
（扬州）丹阳秣陵（今江苏南京）2人			
（徐州）彭城丛亭里（今江苏徐州）1人			
（扬州）淮南历阳（今安徽和县）1人			安徽11人（占8.9%）
（豫州）沛郡竹邑（今安徽濉溪）1人			

续表

各郡县的文人分布	同郡人数	大郡占比	今省人数
（豫州）沛国谯县（现安徽亳州）4人	沛国5人	4.1%	安徽11人（占8.9%）
（豫州）沛国相县（今安徽濉溪）1人			
（豫州）谯国铚县（今安徽濉溪）3人			
（扬州）庐江潜县（今安徽霍山）1人			
（梁州）巴西充国（今四川西充）1人	巴西2人	1.6%	四川4人（占3.3%）
（梁州）巴西安汉（今四川南充）1人			
（益州）犍为武阳（今四川彭山）2人			
（雍州）安定朝那（今甘肃灵台）1人	安定2人	1.6%	甘肃3人（占2.4%）
（雍州）安定乌氏（今甘肃平凉西北）1人			
（凉州）敦煌龙勒（今甘肃敦煌）1人			
（徐州）琅琊临沂（今山东临沂）2人	琅琊3人	2.4%	山东14人（占11.4%）
（徐州）琅琊阳都（今山东沂南）1人			
（青州）东莱掖县（今山东莱州）1人			
（冀州）平原高唐（今山东高唐）3人			
（兖州）山阳高平（今山东巨野）4人			
（青州）齐国临淄（今山东淄博）1人			
（兖州）济阴冤句（今山东菏泽）1人			
（兖州）泰山南城（今山东临沂费县）1人			
（雍州）北地泥阳（今陕西铜川耀州区）4人			陕西7人（占5.7%）
（雍州）冯翊高陵（今陕西西安）1人			
（雍州）京兆长安（今陕西西安）1人	京兆2人	1.6%	
（雍州）京兆杜陵（今陕西西安）1人			
（幽州）范阳方城（今河北固安）1人			河北12人（占9.8%）
（冀州）中山魏昌（今河北无极）2人			
（冀州）渤海广川（今河北景县）1人	渤海3人	2.4%	
（冀州）渤海南皮（今河北沧州南皮）2人			

续表

各郡县的文人分布	同郡人数	大郡占比	今省人数
（冀州）河间高阳（今河北保定高阳县）1人			河北12人（占9.8%）
（司州）阳平元城（今河北大名）1人			
（冀州）博陵安平（今河北安平）3人			
（冀州）武邑观津（今河北武邑）1人			
（江州）江州江夏（今湖北武汉）1人			湖北1人（占0.8%）

说明：表格中各郡县部分文人数量少，占比不到1%，所以未在表中体现。

根据表1-1的统计，可以看出：西晋时期，豫州籍贯的文人最多，有25位；司州籍贯文人次之，17位；而兖州、雍州、冀州三地都是13位；扬州籍贯文人8位，荆州籍贯文人5位，梁州、青州、徐州、凉州、冀州等地人数则都不足5人。所以，西晋文学家分布最多的无疑是以颍川郡、河内郡、陈留郡为代表的中原区域，其次是以吴郡、会稽郡、广陵郡为代表的吴越区域，再次是以琅琊郡、高平郡、平原郡为代表的齐鲁区域。

西晋的123位文人，有41位分布在如今的河南省，占了总数的33.3%，其中又以陈留、颍川、河内郡为人数排名前三的郡县。它们在人数上的优势，得益于当地文学家族的兴盛——陈留尉氏、颍川庾氏、河内司马氏，三地统计的文人多为家族关系：父子、叔侄、祖孙、从兄弟。如颍川庾氏的庾亮、庾翼、庾冰、庾阐，都属于同族兄弟关系；高平郗氏的郗鉴、郗超属于祖孙关系；陈留江氏的江逌、江彪是同族兄弟；太原中都的孙氏，孙统、孙绰、孙盛也是同族兄弟。这些文人自北南渡后，在东晋政坛、文坛也颇有影响。而高门世族的陈郡谢氏、太原王氏、琅琊王氏，也莫不如此。仔细看西晋琅琊王氏与陈郡谢氏的文人数，就可知"王、谢"之所以成为后来东晋的顶级门阀，重要原因之一在于——家族人才的兴盛，也更容易形成"王家书法谢家诗"这种现象——对某一家学特长的代代传承。

文人数最多的郡县"吴郡"，虽然其文人并非像北方那样集中出自某个一家独大的门阀，但也基本源于当地"朱、张、顾、陆"四大家族。可见，西晋文人的籍贯分布具有家族地域性，某一郡县的文人数目、文学兴盛，与当地门阀家族势力、文学世家的传承息息相关。

总之，西晋文人的籍贯分布，以围绕洛阳为中心的"首都圈"最为集中，政治、行政中心的优势自然地吸引了大多数的门阀家族就近定居，也可以说，首都洛阳及其周边较为发达的文化、经济同样也助长了当地文人数量的增长与素质的提高。除了中原、吴越、齐鲁区域外，其余文学家则零散地分布在陕西关中、山西太原、湖北武汉等地，整个分布呈现出网状或带状的结构。这种分布，很大程度上是受此前三国割据政治的影响。西晋文人的静态分布虽然零散，但已经囊括了后来东晋文学家族绝大部分的籍贯地。

西晋文人在中原地区较为集中的分布也促进了当时的文人集社现象。文人的交游活动变得比汉末、三国时更便捷、更频繁。除了洛阳金谷园的"二十四友"，一些同郡、同族、同业的文人，也能相互吸引，在某一地来往唱和，形成地域性的文学生态圈。尤其是一些非中央的郡县地区，更容易产生非政治性的、关系并非十分紧密的文学群体。

第二节 东晋文人考录与地理分布特点

两晋末年的"八王之乱"直接导致了大规模的自北向南的大移民，直至东晋建都建康，于是两晋的文学中心发生了从洛阳向建康的快速转移。然而就通过相关文献考证、统计所得142位东晋文人的籍贯观之，依然以南迁北方文人及其后裔为主体，主要来自以琅琊郡、陈郡、河东郡、谯国等为代表的北方地区；然而另一方面，南方本土文人群体也正在逐步成长和壮大，以建康、丹阳、会稽郡、吴郡为代表的吴越区域为主导，而以荆州、南郡、衡阳郡为代表的荆楚区域为辅助。由此可见在静态的籍贯文学地理与动态的活动地理之间存在着明显的时空差异。

东晋共142位姓名、籍贯确切可考的文人。也有姓名虽可确切、籍贯和生平却不详、无可考的例子，如湛方生的生卒、籍贯均无记载，仅可考其曾任西道县（今湖北宜都市陆城）县令。除籍贯不可考的以外，将其他文人具体的籍贯分布、大郡文人数、所占百分比统计如表1-2所示。

表1-2 东晋文人籍贯分布及占比统计表

各郡县的文人分布	同郡人数	大郡占比	今省人数
（扬州）义兴阳羡（今江苏宜兴）1人			江苏12人（占8.5%）
（扬州）吴郡吴县（今江苏苏州）4人			
（扬州）广陵（今江苏扬州）3人			
（徐州）徐州彭城（今江苏徐州）2人			
（扬州）晋陵无锡（今江苏无锡）1人			
（扬州）丹阳句容（今江苏镇江句容县）1人			
（扬州）会稽山阴（今浙江绍兴）10人	会稽13人	占9.2%	浙江14人（占9.9%）
（扬州）会稽余姚（今浙江余姚）3人			
（扬州）吴兴武康（今浙江湖州德清）1人			
（豫州）颍川颍阴（今河南许昌）2人	颍川9人	占6.3%	河南50人（占35.2%）
（豫州）颍川长社（今河南长葛）2人			
（豫州）颍川鄢陵（今河南鄢陵北）5人			
（豫州）陈郡陈县（今河南淮阳）1人	陈郡17人	占12.0%	
（豫州）陈郡阳夏（今河南太康）12人			
（豫州）陈郡长平（今河南西华）4人			
（豫州）河南阳翟（今河南禹州）2人			
（豫州）汝南安成（今河南汝南）2人	汝南3人	占2.1%	
（豫州）汝南南顿（今河南项城）1人			
（荆州）南阳顺阳（今河南内乡）4人	南阳6人	占4.2%	
（荆州）南阳安众（今河南邓州东北）1人			
（荆州）南阳涅阳（今河南南阳镇平）1人			

续表

各郡县的文人分布	同郡人数	大郡占比	今省人数
（司州）河内温县（今河南温县）5人			河南50人（占35.2%）
（兖州）陈留尉氏（今河南开封尉氏县）2人	陈留7人	占4.9%	
（兖州）陈留考城（今河南民权）1人			
（兖州）陈留圉（今河南开封杞县）2人			
（兖州）兖州陈留（今河南开封市）1人			
（豫州）豫州陈留（今河南陈留东北）1人			
（豫州）豫州新蔡（今河南新蔡）1人			
（豫州）庐江寻阳（今江西九江西）1人			江西3人（占2.1%）
（江州）寻阳柴桑（今江西九江）1人			
（江州）豫章南昌（今江西南昌）1人			
（豫州）谯国谯县（今安徽亳州）1人	谯国4人	占2.8%	安徽6人（占4.2%）
（豫州）谯国龙亢（今安徽怀远龙亢镇）1人			
（豫州）谯国铚县（今安徽濉溪）2人			
（豫州）庐江郡灊（今安徽霍山）1人			
（徐州）沛国相县（今安徽宿州）1人			
（幽州）范阳遒县（今河北涞水）1人			河北3人（占2.1%）
（冀州）常山扶柳（今河北冀州）1人			
（冀州）高阳郡（今河北蠡县）1人			
（徐州）琅琊临沂（今山东临沂北）17人	琅琊18人	占12.7%	山东30人（占21.1%）
（徐州）琅琊阳都（今山东沂南县）1人			
（兖州）高平金乡（今山东济宁金乡县）4人			
（徐州）鲁国（今山东曲阜）1人			
（兖州）济阴冤句（今山东菏泽）3人			

续表

各郡县的文人分布	同郡人数	大郡占比	今省人数
（青州）平昌安丘（今山东安丘）2人			山东30人（占21.1%）
（青州）北海郡剧县（今山东潍坊寿光）1人			
（宁州）清河东武城（今山东德州武城）1人			
（雍州）河东闻喜（今山西闻喜县）2人			山西13人（占9.1%）
（并州）太原祁县（今山西祁县）1人	太原10人	占7.0%	
（并州）太原晋阳（今山西太原）7人			
（并州）太原中都（今山西平遥）2人			
（并州）雁门楼烦（今山西原平市大阳村）1人			
（湘州）衡阳郡耒阳县（今湖南衡阳耒阳）1人			湖南1人（占0.7%）
（荆州）江夏鄂县（今湖北鄂州）2人			湖北4人（占2.8%）
（荆州）武昌江夏（今湖北安陆）1人			
（雍州）雍州襄阳（今湖北襄阳）1人			
（西域）龟兹国（今新疆库车）1人			新疆1人（占0.7%）
（雍州）安定乌氏（今甘肃平凉西北）1人			甘肃3人（占2.1%）
（秦州）略阳临渭（今甘肃秦安）1人			
（凉州）陇西安阳（今甘肃秦安县）1人			
（雍州）东扶风人（今陕西咸阳武功）1人			陕西2人（占1.4%）
（雍州）京兆灞城（今陕西西安灞桥区）1人			

说明：表格中各郡县部分文人数量较少，占比不到1%，所以表中未体现。

根据表1-2的统计，可以看出：数量最多的一级是豫州和扬州，豫州籍贯文人39人，扬州籍贯文人24人；第二级是徐州和兖州，徐州籍贯文人22人，兖州籍贯文人13人；第三级是并州和荆州，并州籍贯文人11人，荆州籍贯文人9人，其余司州、雍州、青州、江州、凉州等地则都不超过5人。因此，东晋文人籍贯分布最多的仍旧是以琅琊郡、陈郡、河东郡、谯国等为代表的北方地区，东晋文人在数量上仍以南渡北人及其后代更占主导；其次是以建康、丹阳、会稽郡、吴郡为代表的吴越区域；最后是以荆州、南郡、衡阳郡为代表的荆楚区域。整个分布呈现出块状或点状的结构，随着政权版图的大幅缩小，文人的籍贯分布明显比西晋又更为集中。从南、北籍贯的文人数量对比上，可见东晋文学虽然依托于江左地盘，但仍旧是北方文人占据了数量和政治权力上的绝对优势。

其中，陈郡阳夏、河东闻喜、吴郡吴县等地延续了西晋时期的文人辈出，毕竟家族人口基数、南迁人数本来就大，又得益于门阀世族在文学上便利的家族传承，一起造就了某一地域文学、文学中心的发展惯性。

其实，若某地文人数众多，但成员仅仅只是由某一文学世家组成的话，当地的地域文学往往衰落得比较快，因为政治斗争中的失势、家族人丁的衰微、战乱与灾害的爆发等因素，都容易造成毁灭性的打击。但像陈郡阳夏、会稽山阴等这样掺杂多家世家子弟、异姓文人众多的地域，文学兴盛的生命周期则明显更长。

另外，东晋明显大增的文人籍贯地是会稽山阴和余姚两地，而西南地区的江夏、衡阳地区开始突破之前零位文人见载的现象，涌现出习凿齿、孟嘉、孟陋等比较重要的作者，比起西晋西南地区只有四川籍文人，此时西南文人分布更广、人数更多、作品影响更大。

东晋文人的籍贯有非常特殊之处——他们根据祖上而标定的籍贯，在南渡后的江南地区已经无法真实体现他们的居住与活动地域，尤其是移民后代的居住状况。但从籍贯的静态分布考察，仍旧可以看出一些特点：东晋时期的文人，在数量上无疑是南渡北人超过江左本土文人，他们也更倾向于居住在建康及其附近丹阳、京口、晋陵等政治中心地区。

梅新林曾对中国古代三秦、中原、齐鲁、燕赵、巴蜀、荆楚、闽粤、吴越八大文学区系的历代轮动做出规律总结，具体到东晋，显然是"中原核心区系向吴越核心区系的南迁"。在这个大趋势之下，"长江流域文学轴线"上的吴越核心区系固然耀眼——尤其是建康和会稽文学中心，但荆楚亚核心区系也同样值得关注。尤其是，江陵在成为桓温幕府驻地的时期，几乎是力压建康的"陪都"地位。

从历时动态的角度具体看，东晋中后期，随着苏峻之乱对建康的纵火毁城、东晋皇室权力的衰微，南渡北人开始继续南迁到浙东，甚至闽粤一带。文人流动的方向不再像西晋那样朝着都城靠拢，而是转为依附荆州刺史等地方权臣势力或寻找更南方的稳定居所。陈寅恪在《晋代人口流动及其影响》一文中指出："北来上层社会阶级虽在建业首都作政治活动，然而殖产兴利，进行经济的开发，则在会稽、临海之间的地域。故此一带区域也是北来上层社会阶级居住之地。"当年环太湖的吴兴、吴郡、晋陵一带，是江左本土门阀世族的势力范围，因此南渡北人只能过钱塘江，在今天绍兴、宁波一带平原定居。

文人的籍贯只代表了其家族的居住地，比如郡望，其实并不能准确地反映文人的居住地与活动轨迹。但因为籍贯一般按祖父的户籍进行认定，加之东晋仅仅持续了104年、大约两三代文人的存世时间，因此东晋的文人籍贯仍按照祖父故籍来统计。但所有籍贯和出生地不符的南渡北人，收录表中都注明"北人南生"以及所属的移民繁衍代数。

东晋文人存在水、陆两种途径的迁移与交游，促进了书信、赠答、纪行赋、祖道赠别诗、颂赞等文体作品的创作。同时，文人在游历和比较的过程中，也发现了各地风土民情的差异，觉得有必要将其记录并传播，从而催生了一批地方志的盛行。

因为文人籍贯地的静态分布，与他们生活中实际的出生地、成长地或活动地上存在较多的不一致，因此，本书接下来对文人动态活动分布，即迁移轨迹的考察，更为重要。从洛阳、建康、会稽、江陵到寻阳，两晋文学中心逐渐从传统的政治、文化中心向经济重镇、山水胜地、交通要塞、宗教圣地等区域转移，下文即针对以上五大文学中心的聚散、迁移、文人互动与创作主题方面，展开具体分析。

第二章 西晋洛阳文学中心

洛阳早在夏、周时期即已成为首都，周平王东迁时称为"洛邑"，"此天下之中，四方入贡道里均"，它居于国家之中、洛河之北的地理位置便于远近四方来纳贡。王莽、刘秀也曾先后设都洛阳。黄初元年（220），曹丕从邺城至"雒阳"继承曹操的丞相之位，并于同年称帝，改"雒阳"为洛阳。至泰始元年（265），西晋取代曹魏，仍以洛阳为都城。汉魏时期，洛阳已经断断续续作为北方的政治、文化、经济中心存在了近两百年。进入西晋后，在晋武帝司马炎的统治下，洛阳城繁荣富庶，曾一度盛行奢靡、斗富之风。但汉魏文学"忧生"的慷慨主题，也同样在洛阳得以继承与发展。

从之前第一章第一节的"西晋文人考录与地理分布特点"来看，西晋文人的静态分布显然是以洛阳及其周边为中心——首都政治、文化、经济中心的强势地位，吸引了大批门阀家族在此定居，而洛阳及其周边的地域发展优势，也反过来促进了京畿地区文人在数量和质量上的双重提高。除了中原、吴越、齐鲁区域存在不少士族文人的聚居，其余少数文人则零散地分布在今陕西关中、山西太原、湖北武汉等偏远地区，使得西晋文人的整个籍贯分布图呈现出网状或带状的结构。这与西晋三国归晋后文人群体持续向首都洛阳迁移、聚拢的"动态地理"大致相吻合。

第一节　在洛文人经历的南北迁移

晋武帝司马炎建立西晋政权的泰始元年（265），全国尚未统一，蜀国已灭而吴国仍在。魏、吴两国对峙了14年，直到太康元年（280）才取得伐吴战争的胜利。在此背景下，在洛阳的北方文人也有一些南移的活动：征伐南土、南下省亲、统一后出仕江左等。而在洛的南士，也多因孙吴政权灭亡而引发北上洛阳出仕的高潮。

一、曹魏入晋后有南游经历的洛阳北人

西晋在洛的北人向南流动，主要缘于灭吴战争、探亲访友及仕宦调任的需要。

（一）有南伐经历的重要北人

灭吴统帅之一的杜预，本是京兆杜陵（今陕西西安）人。参与伐吴战争之前，曾南下镇守襄阳，是魏吴两国南、北对峙的前线将领。灭吴之战中，善于用兵与奇袭。功成之后，博览群书，勤于著述，被《晋书·杜预传》载为"朝野称美，号曰'杜武库'，言其无所不有也"——经学方面作有《春秋左氏经传集解》《春秋左氏传音》《春秋左氏传评》《春秋释例》；法律方面作有《律本》《杂律》；礼制方面作有《丧服要集》；律令方面作有《二元乾度历》《陈农要疏》；散文选方面则有《善文》。杜预身上多方面的才能，正是当时北方学术广博特点的一个典型体现。

更多南下参与灭吴战争的西晋文人，则在征途中直观地留下了对江南自然景观的描绘。

棘据的《杂诗》记录了自己在伐吴路中的所见所感：

> 吴寇未殄灭，乱象侵边疆。……怨彼南路长。千里既悠邈，路次限关梁。仆夫罢远涉，车马困山冈。深谷下无底，高严暨穹苍。丰草停滋润，雾露沾衣裳。玄林结阴气，不风自寒凉。顾瞻情感切……

相比北方的平原，作者对南方悠远的路途、高峻连绵的山崖、深渊幽谷、丰草寒露等环境并无欣赏，反而觉得"恻怆心哀伤"，更添乡愁。夏侯湛作《江上泛歌》：

> 悠悠兮远征，倏倏兮暨南荆。南荆兮临长江，临长江兮讨不庭。江水兮浩浩，长流兮万里。洪浪兮云转，阳侯兮奔驰起。惊翼兮垂天，鲸鱼兮岳跱。麋芜纷兮被皋陆，修竹郁兮翳崖趾。望江之南兮遂目桂林，桂林蓊郁兮鹍鸡扬音。凌波兮愿济，舟楫不具兮江水深。沈嗟回盼于北夏，何归轸之难寻。

夏侯湛与棘据不同，描写了从水路伐吴的感受。但浩渺的江水、巨浪鲸鱼、水边茂盛的草木，这些南方风貌带来的也只是"沈嗟回盼于北夏"的念头，同样期望尽快结束讨伐，驾着"归轸"回到"北夏"。

西晋北方文人对江南的态度，典型的还有曾参与平蜀的荀勖《食举乐东西厢歌》：往我祖宣，威静殊邻。首定荆楚，遂平燕秦。亹亹文皇，迈德流仁。……西旅献獒，扶南效珍。蛮裔重译，玄齿文身。此诗虽然是为祭祀晋宣帝而作的颂歌，但荀勖在诗中展现了四方少数民族对中原的进贡，以及南蛮、吴越故地百姓与中原语言不通、玄齿文身的落后文化。

这种优越心理还体现在北方无名氏的《拂舞歌诗三首》。题中的拂舞原为江南地区歌舞，早在三国时就被引入宫中助兴宴饮，三首中包含了拂舞的代表作：江南吴地歌《白鸠》。作者按中原认为落后地区自然应仰慕、学习北方文化的心理，将《白鸠》内容改为吴人希望孙吴被西晋吞并、教化的愿望："翩翩白鸠，载飞载鸣。怀我君德，来集君庭。"

有南征经历的在洛北人，因为中原更为强势的文化与政治、军事实力，在伐吴战争中对南方的景观、文化、文人都充满了轻视，这也直接影响了他们对亡国后北上出仕洛阳的南人的态度。

（二）有南下省亲或出仕经历的重要北人

太康元年（280）灭吴后，西晋实现了全国统一，北方士人出任南

17

方官职、南方士人北上出仕，人员的来往促进了南北交流。张载即在太康初年，南下至蜀，探望在蜀地任职的父亲，途中经过剑阁，写下著名的《剑阁铭》，其文先描绘剑阁地势的巍峨险要，转而谈论历史上国家的存亡教训，指出国家兴亡应该依靠德治而非险要易守的地势。张载"国运在德不在险"的议论，引起益州刺史张敏的赞赏，上表晋武帝后将张载的这篇铭文镌刻在剑阁山。在这次南下省亲的过程中，张载还创作了《登成都白菟楼诗》《叙行赋》等诗文，叙写了蜀地生活的繁华、多样的物产与饮食，还记录了自己瞻仰杨雄、司马相如故居时的敬慕与感慨。

张载的南游活动也促进了北人对蜀地地理、物产与风俗的了解。左思花费一年时间才写成《齐都赋》，继续想完成三都赋中的《蜀都赋》时，却苦于自己对蜀地情况的陌生，最后借着妹妹左棻被召入宫的契机迁居洛阳，终于有机会拜访回到北方任著作郎的张载，向他询问、求教蜀地的具体情况。在此基础上，苦苦构思十年，终于完成了令洛阳纸贵的《三都赋》。左思的诗歌因苍凉雄健、质朴高亢的风格被誉为"左思风力"，但他的赋作同样也是当时洛阳繁复、华丽文风的一个典型。

嵇喜的孙子嵇含，曾经南下出仕，辗转在襄阳、广州、荆州等多地，利用自己广泛的游宦经历，每到一地就仔细寻访当地的奇花异草、了解当地的风土习俗，著成《南方草木状》一书，成为我国现存最早的地方植物志。同时，它也保存了晋代不少的民间风俗文化，比如花雕、女儿红成为绍兴名酒的由来，嵇含在《南方草木状》中就有记载："南人有女数岁，既大酿酒，候冬陂池竭时，置酒罂中，密固其上，瘗陂中。至春潴水满，亦不复发矣。女将嫁，乃发陂取酒，以供宾客，谓之女酒，其味绝美。[①]"嵇含是第一个记录女儿红的文人，把南方江浙一带的婚礼习俗、亲子深情、酿酒过程都生动地描述出来。

随着西晋灭吴和统一的实现，洛阳北人对南人的态度也有所缓和，这一时期，潘岳有《为贾谧作赠陆机诗》："灵献微弱，在涅则渝。三雄

---

① 嵇含.南方草木状［M］.广州：广东科技出版社，2009.

18

鼎足，孙启南吴。南吴伊何，僭号称王。大晋统天，仁风遐扬。伪孙衔璧，奉土归疆。婉婉长离，凌江而翔。"诗叙三国鼎立、孙吴覆灭，直至西晋统一，像陆机这样的南方贤才便飞翔过长江、来到中原朝廷效力，充满了中原承载正统文化、处于政治中心的优越感。与此类似的还有石崇的《大雅吟》："庭有仪凤，郊有游龙。启路千里，万国率从。荡清吴会，六合乃同。百姓仰德，良史书功。超越三代，唐虞比踪。"

二、吴蜀灭亡后北上入洛的南人

1. 蜀汉灭亡后北上入洛的南人代表

从西蜀北上的文人，以散文和著史为特长。谯周是蜀汉遗民，曾任诸葛亮的劝学从事，后因国力空虚而反对北伐，最后规劝刘禅投降，蜀亡后北上洛阳出仕。他门下陈寿、罗宪、李密等学生，都有文才。李密曾用《陈情表》婉拒晋武帝的征召，祖母去世后才北上出任太子洗马。同门师弟陈寿在《三国志》中曾为其立传。除了《三国志》，陈寿还有《古国志》《益都耆旧传》等作品，因为其亡国臣子的身份在朝廷备受冷遇，陈寿转而潜心著书，尤其是记录自己西蜀故地历史文化、民俗传说等内容的作品。

为蜀汉写投降书的郤正，也是在汉亡后归晋，但他本属北人，因随父南仕而留寓南方。郤正在益州时勤于学问，从司马相如、扬雄、班固到傅毅、张衡、蔡邕等名家的散文辞赋，都仔细研读，陈寿称赞他的文章文采灿烂。263年，郤正起草蜀汉降书后，抛妻弃儿、伴随众叛亲离的旧主刘禅北上洛阳。

2. 吴亡后北上入洛的重要南人及其交游

吴郡的陆机、陆云兄弟，是吴郡陆氏的杰出子弟，"二陆"并称，又与顾荣合称南人北上的"洛阳三俊"。陆机、陆云在吴亡后曾归家苦读，9年后才背负着振兴家族的重任，北上出仕西晋。太康十年，陆机兄弟初到洛阳时，文采就备受太常张华的赏识，以至时人称"二陆入洛，三张减价"。后又与潘岳、石崇、贾谧等人结为"金谷二十四友"。刘勰曾评价两兄弟出众的文才："士衡才优，而缀辞尤繁；士龙思劣，而雅好清省"。

陆机、陆云在洛阳还经常提携、举荐同样来自孙吴故地的南士，如盛彦、褚陶、蔡洪、纪瞻、孙惠、顾荣、张翰、薛莹等一大批文人。薛莹曾为孙皓作投降文，北上洛阳后，与纪瞻、华谭等南士一起接受晋武帝司马炎的策问考验。纪瞻则为江南世族代表之一，与顾荣、贺循、闵鸿、薛兼并称南士"五俊"，他曾在洛阳受陆机的关照，故在陆机遇难后无微不至地照顾陆家。陆机还曾规劝、勉励周处，使其从一方恶霸转为忠臣孝子，最终北上出仕，并为国战死于讨伐氐羌的西北战场。值得一提的是，周处的《风土记》和《吴书》，是较早记录南方岁时节令、风土习俗的作品。

从以上论述可见，以"二陆"为首的北上洛阳南人，通常会因为同郡同乡、同为遗民的身份而抱团来往。在南方文人备受猜忌、不被重用的大背景下，来自江左的文人更重视互相之间的支持、引荐与提携。

也有急流勇退、不愿融入洛阳北人的南士。吴郡顾荣在吴亡后到洛阳任职，仕途不顺，因此常常饮酒浇愁、诈病避祸，曾对同郡好友张翰解释说："惟酒可以忘忧，但无如作病何耳。"张翰的性格却是放纵不羁，被类比为江东的阮籍。吴亡后张翰偶遇贺循从会稽驾船北上，两人一见如故，张翰因此临时决定伴随贺循同去洛阳，匆忙得连家人也未曾通知。后因不愿卷入八王之乱，张翰借口因秋风而起"莼鲈之思"，想念家乡的菰菜、莼羹、鲈鱼，于是辞官南归："人生贵适志，何能羁宦数千里，以邀名爵乎？"张翰是北上南人中少见的旷达之士，陆机、陆云、顾荣、贺循等高门世族子弟，都期望北上实现自身的功名、重振家族在孙吴时期的荣光，唯有张翰急流勇退、早早南归，从而避免了陆机、陆云等人的悲剧下场。

当然，坚持在洛阳从政的南方文人，也有少数最后得到朝廷，尤其是后来东晋朝廷重用的例子。会稽孔愉以孝闻名，与同郡人张茂、丁潭并称"会稽三康"。西晋灭吴后，孔愉迁居洛阳，于晋惠帝末年才南归会稽。后又在50多岁的高龄，被东晋元帝司马睿辟为"五旬掾属"，任丞相掾，积极代表南方士族争取权益。同样，吴郡顾荣也是由南入北、由北返南的江南士人，在西晋末年成为拥护司马氏政权的江南世族代表。顾荣身居高位后，积极为南方士族的权益发声，《上书言南土人士》《与亲故书》《与乡人书》皆可见他对南土乡人的提携与关照。

这批吴亡后北上出仕洛阳的南人，其中有一些像顾荣、贺循、孔愉一样，返回南方后，在东晋初成为司马睿政权重用和招揽的对象，对提高南人的政治地位、促进南北文人的融合，起到了重要作用。

第二节　南人北上洛阳后的交游与创作

从文化高地的中原来到南蛮的江左，北方士族众多，文化上和政治上都更具有话语权。他们中的很多人都延续了长期以来对南方士人的轻视。

一、南人入北的待遇与身份认同

早在西晋初期，《晋书·华谭传》载晋武帝灭吴后，在策问华谭时认为吴人顽固、不适合重用："吴、蜀恃险，今既荡平。蜀人服化，无携贰之心；而吴人趑雎，屡作妖寇。岂蜀人敦朴，易可化诱；吴人轻锐，难安易动乎？"蜀汉早在曹魏时期既被灭亡，孙吴在西晋建立14年后才被攻灭，吴地相比蜀地自然更易发生逆乱，因此吴地及其文人也更受晋武帝的反感与压制。

会稽贺循节操高尚，扬州刺史嵇喜察举他为秀才，先后出任阳羡县令、武康县令，兼以宽宏仁义为立身之本，政令教化广为流传。但因贺循在朝中无人举荐，所以久久无法进升。

为此，北上入洛的陆机为此也曾抱怨："至于荆、扬二州，户各数十万，今扬州无郎，而荆州江南乃无一人为京城职者，诚非圣朝待四方之本心。"不仅政治仕途上备受阻碍，在饮食上中原士族也备怀优越感。陆机曾去拜诣王济，"武子前置数斛羊酪，指以示陆曰：'卿江东何以敌此？'陆云：'有千里莼羹，但未下盐豉耳！'"王济高傲地认为北方的饮食是南方无法匹敌的，但自尊的陆机认为，江东的千里莼羹可以抵得上北方的羊酪，如果再加上盐豉，北方的羊酪就无法与之相比了。此外，在语言称呼上，陆机还曾被北方的孟超当面讥讽为没有资格做都督的

"貉奴"——北人对南人的蔑称之一。

陆机入洛数年，只得到祭酒、太子洗马之类的职位，与他建功立业、光复家族荣耀的期望，相差甚远，于是36岁的陆机开始了痛苦与焦躁，也因此接受了贾谧的邀请，成为"二十四友"之一。

除了陆机备受北人的轻慢，吴郡蔡洪入洛后也遭受过刁难与嘲讽：

> 晋蔡洪赴洛中，人问曰："幕府初开，群公辟命，求英奇于仄陋，拔贤俊于岩穴。君吴楚之人，亡国之余，有何异才，而应斯举？"答曰："夜光之珠，不必出于孟津之河；盈尺之璧，不必采于昆仑之山，大禹生于东夷，文王出于西羌，贤圣所出，何必常处？昔武王伐纣。迁顽民于洛邑，得无诸君是其苗裔乎？"

陶侃被举孝廉后来到洛阳，几次去拜谒身居高位的张华。张华一开始认为他是来自南方偏远之地的人，所以并不愿意接待他。但陶侃每次去都淡然自若。张华后来与他交谈，才十分惊异他的才华。诸如此类的地域偏见，不胜枚举。

北人对南方的蔑视现象，还表现在他们创作的诗歌里。除了少数直接出现"江南"字眼，晋诗中对长江以南（及其部分地区）的指称更多地表现为多样化的词语，依据大致的时间先后，可以罗列出以下数种：垂蛮、南荆、荆楚、长蛇、诸越、南藩、吴蛮、蛮裔、东隅、扶南、蛮夷、殊类、江扬、东夏、南吴、吴会、水乡、江汉、南国、吴江、三巴、东南、南海、南土、江东等。这些指称在西晋初年，明显带有轻蔑、傲慢的口吻，且都以北方中原为参照物来称呼、评判南方，尤其当时西晋与孙吴尚处于政权对立状态。但这种现象和情感在太康元年（280）灭吴后得到改变，随着长江以南地区全部进入西晋统一的领土，"吴寇劲""蜀虏强"的观念不复存在，文人自然对江南的称呼转为相对的平和，但仍视其为落后于中原的蛮荒地区。

"江南"意象的颠覆性改变，发生于此后的东晋和南朝时期。这不仅源于北人因逃亡而南下后的观感、体验，也与陆机、陆云、庾信、王褒等南士"入北怀南"时的创作有关。"在南化北"与"入北怀南"的重要意义，都在于"江南审美本位"的确立与强化①，更深层地说，是在于士族的文化认同感与地域倾向感。

二、南人在洛的交游与创作特色

因为北上洛阳的南人备受歧视、仕途屡屡受阻，所以南人之间，尤其是同郡、乡里凸显互相举荐、提携的抱团现象，也盛行对名臣的攀附——比如对太常张华和贾谧二十四友团体。

陆机、陆云、盛彦、褚陶、蔡洪、纪瞻、孙惠、顾荣、张翰、薛莹、华谭、贺循、陶侃等文人，在洛阳形成一个南方士族内部的亲友圈，但在与北人的交游上，则主要体现在对张华和贾谧势力的亲附上。因此，陆机、陆云等南人都有大量为贾谧、石崇，甚至晋武帝等北人而作的宴饮、集会应制之作，文风铺排、辞藻华丽。

"金谷二十四友"的成员包括石崇、潘岳、陆机、陆云、左思、刘琨、挚虞、牵秀等人。在这其中，潘岳、陆机被钟嵘誉为"潘江陆海"和创作令洛阳纸贵的《三都赋》的左思，是西晋文学成就最高的三位文人。陆机和潘岳崇尚作品的骈俪、繁复与雕琢，引领了太康年间绮丽、浮华的文风。

此外，北上入洛的南人，也常记叙他们在北思南时对家乡的怀念、遥想与回忆，情感真挚深沉。例如著名的典故"莼羹鲈脍"：张翰在洛阳的秋风中，心中怀念起家乡味道鲜美的莼菜羹和鲈鱼脍。于是作《思吴江歌》："秋风起兮佳景时，吴江水兮鲈鱼肥。三千里兮安未归，恨难得兮仰天悲。"陆机多次在诗中云："余固水乡士""愿假归鸿翼，翻飞浙江汜"，表示怀念自己的江南水乡故土。后来在"八王之乱"中被害时，陆机还在临刑前感慨：想要再听到家乡昆山的华亭鹤唳，却已不可能。

南方文人也有对自己传统地域文学的自豪感和坚持本色传承的努力，比如陆机认为中原文人对《九怀》《九叹》《九思》等楚辞体类的拟写已

---

① 葛永海.地域审美视角与六朝文学之"江南"意象的历史生成［J］.学术月刊，2016（3）：90~103.

经偏离正宗,而他自己才是代表南方文学正统的人。

三、"二十四友"中南北文人的构成与创作

据《晋书》所载,"金谷二十四友"中的名士文人,占据了当时洛阳的大半个文坛:

"秘书监贾谧参管朝政,京师人士无不倾心。石崇、欧阳建、陆机、陆云之徒,并以文才降节事谧,琨兄弟亦在其间,号曰'二十四友'。"

除上述五人外,尚有潘岳、缪征、杜斌、挚虞、诸葛诠、王粹、杜育、邹捷、左思、崔基、刘瑰、和郁、周恢、牵秀、陈眕、郭彰、许猛、刘讷及刘琨之兄刘舆。考察他们各自的籍贯,则完整的"二十四友"成员如下:渤海石崇、渤海欧阳建、吴郡陆机、吴郡陆云、荥阳潘岳、中山刘琨、齐国左思、弘农王萃、太原郭彰、京兆杜斌、南阳邹捷、京兆挚虞、清河崔基、沛国刘瑰、汝南周恢、颍川陈眕、高阳许猛、彭城刘讷、兰陵缪征、琅琊诸葛诠、汝南和郁、安平牵秀、中山刘舆、襄城杜育。

(一)"二十四友"成员的相互关系与南北比例

"二十四友"以上名单中,只有陆机、陆云是南人,仅占这一群体十二分之一的比例。值得注意的是,一些学者常有一种"以讹传讹"的错误:将"二十四友"之一的"缪征(徽)"误录为其父"缪袭",而后者是三国时期人物。

从"二十四友"的人物关系上说,贾谧是西晋第一开国功臣贾充的外孙;郭彰是贾南风从舅;诸葛诠的妹妹诸葛婉、左思妹妹左芬,为晋武帝妃子;王粹是晋武帝司马炎的驸马;陆机、陆云和刘琨、刘舆,是家族兄弟;欧阳健,是石崇外甥。可见,"二十四友"集团成员或为皇亲国戚,或为权贵巨富,或为朝中名士,但这个文学团体充斥着政治利益,并非单纯的文人交游。

再看"二十四友"一些成员的品格。当潘岳、石崇望尘而拜比自己小很多、二十出头的贾谧时，深为时人和后人所不齿。同为"二十四友"之一的牵秀妒忌陆机的才能，在其领兵战败后配合孟玖向司马颖进谗，致使陆机被杀害。从以上事迹可以看出，"二十四友"的许多成员品格不高、攀炎附势，以致后来大多在动乱时局的倾轧中死于非命。较为例外的是左思和刘琨，前者在乱局开始后抽身早退，后者以一己之力在少数民族势力包围下坚守并州近十年，其诗作成就较高。

永康元年（300），在皇后贾南风一派与赵王司马伦一派的争权斗争中，司马伦获胜，潘岳、石崇、欧阳建等一批"二十四友"成员被杀，这个文学团体也因此离散。

（二）"二十四友"文人集团的集会与创作

据《晋书·石苞传》记载："崇有别馆在河阳之金谷，一名梓泽，送者倾都，帐饮于此焉。"可见金谷园是石崇为自己在洛阳郊区建的别墅。石崇在担任荆州刺史时，通过大肆抢劫过往的富商而积累了大量不义之财。回到都城洛阳任职后，生活非常奢侈，甚至敢与帝舅王恺斗富。

晋惠帝元康六年（296），征西大将军祭酒王诩将要去往长安，石崇与众人在洛阳之河阳县金谷别墅设宴相送。这是中国历史上第一次真正意义上的文人聚会，后人称之为"金谷宴集"。这次聚会和石崇所作的《金谷诗序》，被57年后的王羲之所效仿，于是有了会稽的"兰亭雅集"和《兰亭集序》。"金谷宴集"中"遂各赋诗，以叙中怀，或不能者，罚酒三斗"是酒宴上罚酒习俗的鼻祖。

流传下来的《金谷诗序》记载，30位文人在清泉、茂林、鱼池、土窟间昼夜游宴，或登高临下或列坐水滨。游览的马车内还合载着琴、瑟、笙、筑等乐器，同时演奏。到了驻地则饮酒赋诗、抒发情怀，作诗不成即罚酒三斗。除了王诩和苏绍，其余参与者多为"二十四友"成员，平时即常在金谷园内活动。

《金谷集诗》流传至今的只有潘岳的两首：一首四言《金谷会诗》残缺只剩两句；另一首《金谷集作》，"亲友各言迈，中心怅有违。何以叙离思，携手游郊畿。……绿池何淡淡，青柳何依依"，颇有拟汉乐府的风格，其中末句"投分寄石友，白首同所归"竟一语成谶——潘岳和石崇后来同时被赵王司马伦手下的孙秀所杀害。

石崇为此次宴集作了《金谷诗序》，序中"感性命之不永，惧凋落之无期"的感慨不仅上承汉魏，也影响了后来王羲之的《兰亭集序》。金谷宴集开创了影响后世主流的文人集会模式：畅游山水、速成诗文、落败罚酒、汇集作序。

西晋短短52年，从晋武帝司马炎去世后爆发了持续16年的八王之乱，继之以灭亡西晋的永嘉之乱、五胡乱华，大量文人名士死于战乱、灾害之中，因此西晋后半期再也没能出现较大规模的文人集会。

"二十四友"之一的杜育，是中国茶文学的开山之祖，他的《荈赋》是现存最早的、专门描绘茶事的赋作：

> 灵山惟岳，奇产所钟。瞻彼卷阿，实曰夕阳。厥生荈草，弥谷被岗。承丰壤之滋润，受甘霖之霄降。月惟初秋，农功少休；结偶同旅，是采是求。水则岷方之注，挹彼清流；器择陶简，出自东隅；酌之以匏，取式公刘。惟兹初成，沫成华浮，焕如积雪，晔若春敷。

《荈赋》第一次完整地记载了茶叶的种植、生长、采摘、烹饪用水、茶具的选择等茶事过程，特别提到泡茶的水应该取西蜀岷江的清澈山泉，而做茶具用的瓷器则应该选东隅越州的制陶。这充分体现了东、西、北部间的物产在多向地流通、交汇，也反映出文人对各地风物特产、生活习俗的了解与熟悉。

挚虞的《文章流别论》反对当时浮夸奢靡的文风，强调文学的政治教化功用。它对各种文体进行分类评论，指出它们各自的特点与应该倡导的方向，深深影响了此后刘勰的《文心雕龙》与钟嵘的《诗品》。

另外，值得注意的是另一位"二十四友"成员陈眕，他与"三张二陆"之一的张亢一样，也是少数成功南渡到东晋避难的中下层文人。晋怀帝永嘉五年（311），石勒先后攻陷新蔡、许昌、洛阳，陈眕也只能随着晋军败退江左。东晋政权建立后，在元帝、明帝之间，陈眕还历任尚书、镇东将军、幽州刺史、都督幽平二州诸军事等多种职务。这也从一个侧面证明了，西晋文学如何通过北人南渡、直接影响了建康文学的面貌。

第三节　洛阳文学中心强化的"忧生"主题

虽然"忧生"的文学主题在汉魏早已有之，但从汉末、三国直到西晋短暂的统一，这一主题更是在离乱时代的大背景下盛行于世。"忧生"主题的内涵有多种，具体而言可分为以下几类内容：时光易逝，人生苦短；怀才不遇，士庶天隔；政斗与战乱，命运受时局裹挟的无力感；思念与哀悼，对生死的思考与解脱的追求。

一、"忧生"主题下悲慨与华丽的文学风格

不同于后来建康时期文人集会的主要方式是清谈，西晋时期的聚会形式更多的是"宴饮""游览"。在西晋整个奢侈的生活大风气下，华丽与悲慨的氛围在饮酒与作诗的过程中弥漫。

"忧生"主题从动荡的汉末、三国，一直延续到短暂的西晋。西晋前期的文人历经三国战乱、瘟疫肆虐，西晋后期的文人又历经饥荒、灾害、八王之乱、永嘉之乱等动荡，人们对自己人生的意义、对命运的无常进行重新思考。陆云的《岁暮赋》、成公绥的《仙诗》、傅玄的《挽歌》等作品，都充满了浓重的哀伤悲凉之气：在功业无成的时候已入年迈，对于自己功业无成而寿命将尽的现实具有紧迫感、焦虑感，甚至强烈的悲痛与十分的不甘。

洛阳文学中心对这一时代主题的创作进行了强化，把"忧生"文学推向一个新的创作高潮。在这其中，洛阳的"北邙"题材又是"忧生"文学集大成的例子。

人们俗称"生居苏杭，死葬北邙"，"北邙"也称"邙山""郏山"，《说文解字》将"邙"释为："河南洛阳北亡山上邑。"近代的《辞海》则称"邙，亡人之乡也"，这已经是从后世使用的象征义上来理解。北邙属于

崤山的支脉，也是洛阳城北面重要的天然屏障。"北邙山头少闲土，尽是洛阳人旧墓。"唐人王建有此感慨。北邙枕山面河、地势开阔、起伏平缓，实属古人追求的最佳墓穴风水，因此邙山安葬着20多位帝王和无数权贵名臣，陵墓多得"几无卧牛之地"，是中国目前最大的古陵墓群。北邙山林茂密、郁郁葱葱，地处伊、洛两条河流旁，文人可以泛舟游览山水，亦可登山眺望下面的河流与洛阳城。登高、泛舟都是西晋文人当时盛行的休闲娱乐活动。

因此，西晋开始大量涌现与"北邙"相关的诗文，尤其是西晋后期陆机、张载、张协的创作，尤为突出。这与"北邙"一开始的意象大不相同，它在汉魏时期主要被用作政治抒怀和寄托归隐之愿这两种功用。

但西晋的"北邙"意象，越来越与死亡、坟墓意象相联，尤其以张载、张协兄弟和陆机的创作为典型。这种变化的社会背景，是永康元年（300）赵王伦引起了"八王之乱"的全面爆发，在这一年，对贾南风、贾谧势力的血腥清算蔓延朝廷，张华、潘岳、石崇、欧阳建等大批文人被杀，挚虞也于这一年在"洛京"的荒乱中饿死。王室内讧的"八王之乱"相继登场，政局的动荡使文人的生存状态异常严酷，不断卷入各派势力，遭受政权轮番倾覆后的碾压。在多年持续腥风血雨的大背景下，"北邙"相关的诗文作品都不免染上了浓重的悲凉色彩。

以下，围绕西晋文人盛行的"北邙"意象诗文来做分析。

陆机在泛舟伊洛二川、观岸边北邙有感而作《感丘赋》：

泛轻舟于西川，背京室而电飞。遵伊洛之坻渚，沿黄河之曲湄。睹墟墓于山梁，托崇丘以自绥。见兆域之蔼蔼，罗魁封之垒垒。于是徘徊洛涯，弭节河干。伫眄留心，慨尔遗叹。仰终古以远念，穷万绪乎其端。伊人生之寄世，犹水草乎山河。应甄陶以岁改，顺通川而日过。生殊迹于当已，死同宅乎一丘。翳形骸于下沦兮，飘营魄而上浮。随阴阳以融冶，托山原以为畴。妍媸混而为一，孰云识其所修？必妙代以远览兮，夫何徇乎陈区。尔乃申舟人以遂往，横大川而有悲。伤年命之倏忽，怨天步之不几。虽履信而思顺，曾何足以保兹？普天壤其弗免，宁吾人之所辞！愿灵根之晚坠，指岁暮而为期。

陆机乘舟在伊水、洛水二河间,望着岸边北邙山幽暗的小墓穴和重重累积的大墓,思绪万千。与不变的山河相比,人的生命就像水草一样短暂。死者的肉体形骸虽在地下腐坏沉沦,而魂魄却漂浮在地上。无论生前经历、轨迹如何不同,死后都同眠于同一座山丘。作者为生命的短暂而悲伤,哀叹上天定下的时运不可希求。虽然《周易》系辞说笃守信用、保持和顺的人可以得到上天的福佑,但又何足以保全性命?最后,陆机发出感慨,希望自己的寿命不会过早结束,能够活到年衰岁暮的老年。这不仅仅出于恋生,更源于陆机肩负重振自己家族、恢复门楣荣耀的重任和实现个人抱负的志向。为此,在八王之乱中,他也拒绝同乡一起归隐江南的邀请,放弃可以拥有的安逸而投身乱局。

陆机40岁时,亲友存世已不足一半。对生命短暂的悲伤、对死亡的忧惧、对活着实现抱负的执念,都促使陆机在游邙山时,更多地关注前人未曾聚焦的墟墓,并因此引发生死之叹。

与陆机同一时期的张载作有《七哀诗》,同样是关于北邙和丘墓的名篇,诗云:

> 北芒何垒垒,高陵有四五。借问谁家坟,皆云汉世主。恭文遥相望,原陵郁膴膴。季世丧乱起,贼盗如豺虎。毁坏过一抔,便房启幽户。珠柙离玉体,珍宝见剽虏。园寝化为墟,周墉无遗堵。蒙茏荆棘生,蹊径登童竖。狐兔窟其中,芜秽不复扫。颓陇并垦发,萌隶营农圃。昔为万乘君,今为丘中土。感彼雍门言,凄怆哀今古。

张载描绘了东汉五座帝陵在乱世中遭董卓、吕布等人盗墓后的荒凉破败,面对"昔为万乘君,今为丘中土"的强烈对比,传达出自己对生命短暂、富贵无常的哲思。诗人赞同雍门周早在孟尝君时代就有的远见,即使贵为帝王诸侯,也免不了对人人公平的死亡,更难逃死后陵墓衰败荒凉的凄惨。此诗风格沉郁凝重,但化用的典故和古今对比,却启人深思。张载此诗开启了后世"北邙"诗文中"凭吊怀古"的一大类型。

西晋初期相对安宁的社会，使"北邙"意象与当时盛行的求仙论道、谈玄修行相联。而随着"八王之乱"的爆发，在战乱饥荒、腥风血雨的大背景下，西晋后期的"北邙"意象开始聚焦于累累可见的坟茔和怀古情感的抒发，张载、张协、陆机等人的创作，为后世将"北邙"作为坟墓、死亡的意象奠定了文学基础。

及到南朝，远在北方洛阳的"邙山"又成为南方文人向往的京师意象。如沈约《解佩去朝市》："忝稽郡之南尉，典千里之光贵。别北芒於浊河，恋横桥於清渭。望前轩之早桐，对南阶之初卉。非余情之屡伤，寄兹焉兮能慰。眷昔日兮怀载。"沈约还有《侍宴乐游苑饯吕僧珍应诏诗》："伐罪芒山曲，吊民伊水浔。将陪告成礼，待此未抽簪。"沈约笔下的"北芒""芒山"，此时又从"坟墓""死亡"的象征转变为对西晋京师洛阳的指代。而这背后透露的信息是，即便是东晋南朝的南方本土士人，也依然将西晋洛阳及其所属的邙山、伊水视为政治文化中心的象征，体现了南朝文人对北方中原难以舍弃的向往与认同感。

"北邙"文学题材中，文人对自己命运的反思、对生活的忧虑与哀愁，更多体现的是个体内心的感怀与私情，这与前述"二十四友"在宴饮集会时的创作十分不同。后者的性质更像应制、唱和文学，具有交际属性。

西晋文学的"忧生"主题，引发了文人内心丰富的人生思索与情感体验。为后世江南文人追求"内在深情"的任真人格和缠绵悱恻的细腻表达，做出了情韵方面的酝酿准备。

二、洛阳文学对东晋南渡后文学的影响

除了以上所述，洛阳文学的忧生主题从文人的思想情感、情韵丰厚上做了开发和准备之外，洛阳文学在艺术手法上对后来的文学也有深远影响，尤其是其华丽与哀愁兼具的文学风格，是后来南朝唯美、哀怨文风的一个源头。

以潘岳、陆机为代表的文人，一边拟古，一边追求形式、技巧的创新。模拟汉乐府民歌，是因为它饱含了丰富的文学母题与现实主义精神。

而在辞藻和形式上，则开始讲究繁缛：繁，指描写详尽、铺张，不避繁复；缛，指色彩华丽，也就是文采斐然。辞藻富丽，描写繁复，行文句式讲究骈俪，还促进了比喻、对偶和双声叠韵的运用。永嘉南渡后，建康文学中心盛行一时的中兴文学，尤其是颂德大赋，即延续了西晋华丽、繁缛的文学风格。汉魏时期散文的质朴之风自此开始被中断，同时也成为此后南朝唯美文风的滥觞。

陆机、左思等人还大力地在诗歌中运用铺陈、排比手法，将诗歌辞赋化、诗赋合流现象初现端倪，这种趋势丰富了诗歌的表现手法，为后世谢灵运、谢朓山水诗赋的描写起了先导作用。从文学发展的规律来看，也符合从质朴到华丽、从简单到繁复的必然趋势。

南渡北人在西晋末对人生的思考、对生命的哀愁，以及西晋中原盛行的清谈活动与玄学思想，都是北方文人创作的内容底色，而南渡后所见的南方山水、江南民间乐府则是创作的染色剂。用后来南北朝的家训作品为例，南朝家训如徐勉《诫子书》描述理想的生活："临池观鱼，披林听鸟，浊酒一杯，弹琴一曲，求数刻之暂乐，庶居常以待终，不宜复劳家间细务。"字里行间讲究骈偶、对山水风物的描绘、对玄远脱俗生活的向往，相比之下，北朝家训则少了许多文学性。

西晋文学的功能不再是政治依附、道德教化等实际功用，而在于抒发自己的个性与真性情，文学创作趋于去功利化、纯粹化。"文学自觉"表现为忠实自己内心真实的感受、反思与把握个人自己的命运。从以"礼"为核心到以"人"为核心，这种转变与趋势契合了江南吴越本土的地域文化传统，因此得以在东晋的江左继续发扬光大。

第三章 东晋初期建康文学中心

东晋在百余年的时间里,先后产生了建康、会稽、江陵、寻阳四个文学中心。与其他朝代通常以京师为政治、文化中心不同,建康只在东晋初期维持了10余年的文学中心地位,文人群体以晋元帝司马睿的"百六掾"为代表,作品创作除了应制、公文外,多为歌颂东晋中兴的诗赋,也有口头文学性质的清谈聚会。

身为顶级门阀的王、谢两家与许多南迁高门,其抚养后代子弟的家族宅院,都未选择在京师建康,反而南下置产、安居于会稽郡。家族子弟通常只在受诏、出任朝中官员时,才会进京。并且,随着王敦身为权臣的势力崛起和咸和二年(327)爆发的苏峻、祖约之乱,建康的文学中心地位开始被削弱。

西晋洛阳文学中心文人籍贯与活动地域的分布状况基本一致,但东晋初期的建康文学中心在"静态地理"走向"动态地理"的过程中出现了由合而分的趋势——本来南渡后高度聚集于建康的文人开始陆续向会稽、江陵等地分散迁移,加之移民代际的推移与繁衍,在建康之外陆续出现了几个新的文学中心。从前文第一章第二节看,东晋文人籍贯分布人数仍以琅琊郡、陈郡、河东郡、谯国等北方地区最多;接着是以建康、丹阳郡、会稽郡、吴郡为代表的吴越故区;最后是以荆州、南郡、衡阳郡为代表的荆楚故区。因此,整个分布呈现出块状或点状的结构,并且随着东晋疆域版图相比西晋时期的大幅缩小,文人的籍贯分布也明显比西晋更为集中。

第一节　建康文学中心的形成

匈奴、羯、鲜卑、氐、羌五族趁着晋朝皇室内部的"八王之乱"，纷纷在中原各地发动叛乱。尤其到了西晋永嘉五年（311），匈奴攻陷洛阳、劫持走晋怀帝，大批文人死于晋室政权的内斗以及五胡乱华，中原地区的人们开始被迫大规模地南渡逃亡。

一、永嘉之乱与衣冠南渡的不同路线

永嘉之乱中，"中州士女避乱江左者十六七"。据葛剑雄的估算，截至南朝刘宋的大明八年，南渡北人的总数约在200万。而谭其骧则认为，在刘宋之前，北人南渡的数量约为90万。这90多万移民享受了王导制定的"侨寄法"，即按北方原来的州、郡、县名，重新命名南方暂时居住的地点，并且移民不需要承担国家的赋税。至于北人迁移的路线，谭其骧则从移民的东、西二区的分别来描述：东区主要指长江下游及淮河，主要接纳了来自黄河下游山东、河北及河南东部的移民；西区主要指长江上游及汉水流域，主要接纳了来自甘陕、山西及河南西部的移民。其中，位于东区的长江中下游区域，是狭义范围内的江南地区，也是东晋、南朝的政治、经济、文化的中心区。江南的移民多来自中原腹地，大部分是高门世族文人、皇室亲属。

南迁北人中，多数是跟随"八王之乱"中胜出者——东海王司马越势力的士族，尤其是琅琊王氏、陈郡谢氏、汝南袁氏、兰陵萧氏，是东晋初建时重要的世族力量。

东晋司马政权的建立，离不开王氏家族的大力扶持，但皇权也因此备受压制。王敦作为都督江、扬、荆、湘、交、广六州军事的镇东大将军，手握重兵而怀问鼎之心。他挑战元帝司马睿的君权，曾私下赠予自己部下四品品级，征用京师中自己认为优秀的士族人才，并最终于永昌元年（322）正式发动与朝廷对抗的叛乱。成功攻破建康后，杀害周顗、

戴渊等名士，再回到驻地武昌，继续遥控朝政两年后才去世。王敦和司马睿的矛盾斗争，本质上是士族与君权的斗争。王敦在得势占据上风后，同时也掌控着重要的人事任免权和决策权。本在京师建康任职的许多文人才士，都被王敦相中调为自己的幕府佐僚，以进一步削弱朝廷中央的势力。"辞赋为中兴之冠"的郭璞本在建康任尚书郎，在丧母守孝后，被王敦征召为记室参军，郭璞畏惧王敦的权势而不得不出任。他在王敦叛乱前受命占卜吉凶，因为反对、劝谏的态度而被杀。温峤本为晋明帝司马绍倚重的中书令，也被王敦调用至自己的驻地做左司马，明帝因惧祸不敢留温峤于建康。温峤假意依附、顺从王敦，骗取到出任丹阳尹的重要指派，再转而帮助朝廷对抗王敦。与陆机同族的吴郡陆玩曾任朝廷侍中，虽非贪荣干进、有心朝政之人，却也被王敦选为自己的长史，并以军令威逼其前来就任。可见，王敦的得势对建康文人的流失和分散有着较大影响。手握人事任免权的王敦，对于自己相中的士人则征调任用为属官，对于异己的士人则外放、罢免甚至杀戮。

　　王敦及其死后王应、沈充等党羽的叛乱持续了两年，但彼时的主战场并非在建康。真正对建康造成致命破坏的，是之后爆发的苏峻、祖约之乱。咸和二年（327），江北将领苏峻和镇西将军祖约，因共同怨恨朝中的辅政大臣庾亮而联手进攻建康。次年攻破建康，顺利夺掌朝政。对于苏峻之乱及对建康的巨大破坏，《晋书·苏峻传》记载如下：

> 　　于是遣参军徐会结祖约，谋为乱，而以讨亮为名。……与王师战，频捷，遂据蒋陵覆舟山，率众因风放火，台省及诸营寺署一时荡尽。遂陷宫城，纵兵大掠，侵逼六宫，穷凶极暴，残酷无道。驱役百官，光禄勋王彬等皆被捶挞，逼令担负登蒋山。裸剥士女，皆以坏席苫草自鄣，无草者坐地以土自覆，哀号之声震动内外。时官有布二十万匹，金银五千斤，钱亿万，绢数万匹，他物称是，峻尽费之。……于是改易官司，置其亲党，朝廷政事一皆由之。

　　苏峻在攻陷建康后，率领众人大肆放火、杀人、劫掠，宫阙因而毁坏殆尽，百官被鞭挞、驱役、杀害，建康城成为一片荒凉的废墟。而东晋初的财力本身已比较困难，如《晋书·谢混传》书："元帝始镇建业，公私窘罄，每得一豘，以为珍膳。项上一脔尤美，辄以荐帝，群下未敢先尝，于时呼为'禁脔'。"司马睿初镇建康时，国库和私人都物质贫乏，每得到一头猪，大臣们便将猪项上的一块肉先割下来，作为"禁脔"专献给司马睿，可见东晋初物质的贫乏程度。

因此，当咸和四年（329）温峤、陶侃、庾亮等人合力平叛成功后，面对残破不堪、物资紧缺的建康和劫后空虚的国库时，爆发了一场关于迁都的大争论，事见《晋书·王导传》：

> 及贼平，宗庙宫室并为灰烬，温峤议迁都豫章，三吴之豪请都会稽，二论纷纭，未有所适。导曰："建康，古之金陵，旧为帝里，又孙仲谋、刘玄德俱言王者之宅。古之帝王不必以丰俭移都，苟弘卫文大帛之冠，则无往不可。若不绩其麻，则乐土为虚矣。且北寇游魂，伺我之隙，一旦示弱，窜于蛮越，求之望实，惧非良计。今特宜镇之以静，群情自安。"由是峤等谋并不行。

温峤请求迁都豫章，三吴豪族请求迁会稽，而王导主张镇之以静，最后王导力排众议，决定留守建康，重建秩序。可见，王敦士权的专擅和苏峻的军事叛乱，分别通过人才调离和战火毁城的方式，消解了本来汇集建康的文人群体，动摇了建康作为东晋初年文学中心的地位。

二、"百六掾"成员与笼络南士

司马睿在建武元年（317）践祚称帝之前，其实已经在建康镇守、经营了10年，他听从王导的谋略，大力笼络顾荣、贺循等南方士族。在即晋王王位时，司马睿还特意辟选了106位士族属官，他们在晋愍帝蒙难、晋元帝称晋王后，将幕僚直接晋升为百官，史称"百六掾"[①]。他们之中以王导、祖逖、王廙、卞壶等北方名士的数量居多，也兼顾了顾荣、周玘、贺循、陆晔等江左南士，成功汇集了南北士族的优秀士人。这106

---

① 房玄龄，等.晋书·元帝纪［M］.北京：中华书局，1974：145.

位幕僚，有姓名可考的有60多位，其中，北人占30多，南人占20多，且后者多为北上仕洛后又返南的文人，尤其是周玘、贺循、顾荣、纪瞻、丁谭、陆晔、戴渊、戴邈、孔愉等人。北方士族的人数始终在司马睿的幕府中占据主导地位，但司马睿也注意对江东世族的笼络，他选会稽贺循做太子太傅、丹阳薛兼做太子少傅，也是为了培养皇室与江南本土势力的合作关系。

"百六掾"的成员深远地影响了东晋政局的发展，比如王导、陆晔、诸葛恢、孔愉等人都是三朝元老。"百六掾"的南北士人比例也讲求平衡，相对合理。司马睿即位后，改任陆晔为位高权重的侍中。又任命顾荣为安东军司、加散骑常侍，有任何意见迟疑时都会询问顾荣的意见。对顾荣推荐的陆晔、杨彦明、甘卓、谢行言、殷庆元等江南名士，司马睿都一一予以任用。

纪瞻身为江南士族的另一位代表，与顾荣、贺循、闵鸿、薛兼并称"五俊"。纪瞻凭借自己深厚的资历与德高望重的身份，引领南方士人配合东晋政权的建设，为协晋元帝司马睿在江南的立足立下许多功劳。

但南、北士族在东晋初期，仍面临着土地产业的利益冲突。南渡北人需要占据南方大量的肥沃土地，且自己带来了许多依附性的佃农和武装安保力量，这些都在一定程度上影响了江左本土士族的经济、安全利益。对此，陈寅恪曾分析说："新都近旁既无空虚之地，京口晋陵一带又为北来次等士族所占有，至若吴郡、义兴、吴兴等皆是吴人势力强盛之地，不可插入。故惟有渡过钱塘江，至吴人士族力量较弱之会稽郡，转而东进，为经济之发展。"唐长孺则在这种观点上，进一步指出，东晋时期对山川、别墅的拓荒，是因为土地供应的紧张："屯、邸、别墅所以在山泽之地发展的原因，是由于北来侨人在南方获得已垦熟田之不易，其土地欲望不能不以占领山泽方法获得满足。"①而在北人积极开拓、利用未被开垦的山林园泽的同时，也促进了移民对南方山水的审美关照与文学创作。

在此期间，史载流传下来的文人聚会、活动，有永昌二年（323）庚

---

① 唐长孺.南朝的屯、邸、别墅及山泽占领［J］.历史研究，1954（3）.

亮、温峤、郭璞等人聚集在建康清溪池作诗，有王导、周顗等过江北人在建康长江边的新亭对泣，但更多的是流于口头的清谈聚会。此时的创作以朝政实用的奏疏类文章为主，文学性较强的则有郭璞、庾阐歌颂东晋中兴的大赋。

第二节　北人南下建康后的心态与南北差异

《晋书·地理志》载："永嘉之乱……幽、冀、青、并、兖五州及徐州之一淮北流人，相率过江淮。"大量的北人士族与平民南迁，涌现各种对江南不同的感受与身份认同。

一、南渡北人的心态与身份认同

南渡江左的北人对南土大致有以下五种心态。

第一种，以晋元帝司马睿为代表的惭愧心态。对此，《世说新语·言语》有记载：

> 元帝始过江，谓顾骠骑曰："寄人国土，心常怀惭。"荣跪对曰："臣闻王者以天下为家，是以耿、亳无定处，九鼎迁洛邑。愿陛下勿以迁都为念。"

司马睿在东晋正式建立的建武元年（317）之前，已经在建康出镇了10年，但江东士族一开始并不尊崇司马睿，依赖王导与王敦在出行礼制上的极力捧扬，才让顾荣、贺循等江左大族的领袖明白：司马睿深受琅琊王氏等北方世族的拥护，从而改变了观望态度，主动觐见司马睿[①]。元帝对顾荣发出"怀惭"的感慨，也有出于试探南人的心理，以至顾荣不

[①] 刘义庆《世说新语》："（司马睿）徙镇建邺，吴人不附，居月余，士庶莫有至者，……会三月上巳，帝亲观禊，乘肩舆，具威仪，导及诸名胜皆骑从。吴人纪瞻、顾荣皆江南之望，窃觇之，见其如此，咸惊惧，乃相率拜于道左。"可见，南方士族归心司马睿，很大程度上是基于对北方高门世族的认同和仰慕。

得不谦逊地跪对。

而在建康之外的西部夏口,山涛之子山简在永嘉四年(310)积极招纳流亡人员,吸引许多南渡北人依附。其中有北方的乐府伶人,到了举办宴会时,下属官员想让他们奏乐助兴,山简立即反对:"社稷倾覆,不能匡救,有晋之罪人也!何作乐之有?"并因此激动地流下了泪水,满座皆惭。

第二种,以温峤、桓彝、卫玠为代表的失望、担忧心态,见于《世说新语·言语》:

> 卫洗马初欲渡江,形神惨悴,语左右云:"见此芒芒,不觉百端交集。苟未免有情,亦复谁能遣此!"

卫玠在正式南渡之前,面对茫茫长江,怀着背井离乡的痛苦和前途未卜的忧愁,发出了百感交集的感慨。后来桓温"木犹如此,人何以堪"的名言,也是类似因感物、移情而发的深情语。《世说新语·言语》又记:

> 温峤初为刘琨使来过江。于时,江左营建始尔,纲纪未举。温新至,深有诸虑。既诣王丞相,陈主上幽越、社稷焚灭、山陵夷毁之酷,有《黍离》之痛。温忠慨深烈,言与泗俱,丞相亦与之对泣。叙情既毕,便深自陈结,丞相亦厚相酬纳。既出,欢然言曰:"江左自有管夷吾,此复何忧!"

> 桓彝初过江,见朝廷微弱,谓周顗曰:"我以中州多故,来此欲求全活,而寡弱如此,将何以济!"忧惧不乐。

温峤作为刘琨派来的使节,南渡过江,面对东晋初建的法制凋敝、中原君王被胡人流亡监禁、帝陵被夷毁之耻,温峤倾诉得涕泪交零,在得到王导真诚的接纳和对谈后,因为他有如管仲般的才华而稍微放下来内心的失望与愁苦。

桓彝的心态与温峤类似:"初过江,见朝廷微弱,谓周顗曰:'我以中州多故,来此欲求全活,而寡弱如此,将何以济!'忧惧不乐。"桓彝内心担忧害怕,但他与温峤一样,受到了王导的礼遇接待,一番交谈安抚之后也得到了妥善的职位安置。

第三种，以王导为代表的悲愤向上心态，见于《世说新语·言语》：

> 过江诸人，每至美日，辄相邀新亭，藉卉饮宴。周侯中坐而叹曰："风景不殊，正自有山河之异！"皆相视流泪。唯王丞相愀然变色，曰："当共戮力王室，克复神州，何至作楚囚相对！"

南渡建康的北人，每遇到风和日丽的日子，总相约到建康郊外、长江边的新亭聚会，坐在草地上宴饮交谈。周顗有一次感慨说："这里的风景和中原没有什么不同，只是山河不一样了！"这里的江河之异，正指长江和洛河的区别。当年在洛水边，北方的名士也定期聚众举办酒会，清谈阔论、极兴而归，形成了一个风雅宴集的传统。大家在今昔对比之下，有感而落泪。此时，只有王导的脸色变得很不高兴，激愤地引导众人："大家应该合力辅佐王室，收复中原，何必像囚犯似的相对流泪？！"众人听王导此言，十分惭愧，又马上振作起来。中流击水的祖逖，也属于悲愤激越的北伐派，并用实际行动力主收复失地、光复中原。

第四种，以孙绰、郭璞为典型的庆幸、感恩心态。这是唯一有异于上述的安居心态，他们亲身经历了北方战乱的残酷、南渡逃亡的颠沛流离，对眼前江左安宁的生活倍感庆幸与珍惜。郭璞对此在诗歌《答贾九州愁》中有细致的抒发：

> "广莫戒寒，玄英启谢。……轻服御冬，蓝褐当夏。正未墨突，逝将命驾。幸赖吾贤，少以慰藉。"
>
> "自我徂迁，周之阳月。乱离方燄，忧虞匪歇。四极虽遥，息驾靡脱。愿言齐衡，庶几契阔。虽云暗投，圭璋特达。……"

其中的"墨突"一词，运用了墨子周游的典故，言其在某一地居住，经常还未等灶台烧黑就又匆匆离去。墨子匆忙形成的驱动力是为推行自己的学说、实现自己的理想，而郭璞的匆忙、狼狈则是为躲避四处蔓延的战乱，不得不为求生而四处逃窜。最艰难的时候，甚至只能冬天穿轻服,夏天穿蓝褐。"自我徂迁",从渡江南迁、离乡避难开始,中原的衰乱正盛,为逃离忧愁恐惧的生活,不得不南奔亡命。

同样,佐证郭璞南迁后感恩心态的,还有其《与王使君诗》:

> 道有亏盈,运亦凌替。茫茫百六,孰知其弊。蠢蠢中华,遘此虐戾。遗黎其咨,天未忘惠。云谁之眷,在我命代。……化扬东夏,勋格宇宙。

"蠢蠢中华","蠢蠢"指没有礼仪的样子、骚乱的样子。西晋时期,王济曾用"蠢尔长蛇"(《平吴后三月三日华林园诗》)、傅玄曾用"蠢尔吴蛮"(《时运多难》)来贬低、指责不自量力的对手孙吴,而今却用于五胡乱华时的北方中原。更形成鲜明对比的是,郭璞把"东夷"的称呼改成了"东夏"——化扬东夏,这对从周代以来夷夏正统观念就十分强烈的中原文人而言,是情感态度上巨大的颠覆和转变。

出于感恩心理,郭璞还在诗末盛赞王导教化东夏、经营东南地区的功劳可以"勋格宇宙"。

与郭璞一样经历离乱、怀有感恩情怀的,还有孙绰,他曾作《与庾冰诗》如下:

> 德之不逮,痛矣悲夫。蛮夷交迹,封豕充衢。芒芒华夏,鞠为戎墟。哀兼黍离,痛过茹荼。
>
> 天未忘晋,乃眷东顾。中宗奉时,龙飞廓祚。河洛虽堙,淮海获念。业业意兆,相望道著。

永嘉之乱爆发时,于建兴二年(314)出生在山西平遥的孙绰仅是个幼儿,未能清晰感受过郭璞拖家带口、南渡亡命的艰辛,但他也表达了同样的感恩、庆幸心理:"天未忘晋,乃眷东顾"。中原河洛虽然湮没沦陷,但北方士人在淮海以南地区获念——获得了舒适。

蛮夷暴力侵占中原,烧杀劫掠,历史悠久的"芒芒华夏",竟然被异族破坏成废墟。关于五胡在北方中原的残暴,从石虎吃人的记载中可见

41

一斑:"或盘游于田,悬管而入,或夜出于宫臣家,淫其妻妾。妆饰宫人美淑者,斩首洗血,置于盘上,传共视之。又内诸比丘尼有姿色者,与其交亵而杀之,合牛羊肉煮而食之,亦赐左右,欲以识其味也。"如此残忍野蛮的行径、杀人如麻的侵掠,对北方中原的汉族百姓造成了深重的、共同的心理创伤,以致此后"胡"字在成语中有"胡作非为""胡说八道"等各种负面情感的用法。但北方战乱生活的残酷,也对比、凸显出了南方安定、闲适生活的珍贵——后者给饱经苦难的南渡北人带来极大的心理慰藉与安全感。

第五种是以渡江后被称为"江左八达"的谢鲲、毕卓、王尼、阮放、羊曼、桓彝、阮孚、胡毋辅之为代表的放荡佯狂心态。谢鲲南渡后,与王尼、阮放、羊曼、胡毋辅之等八人常聚在一起,像竹林七贤一样淡泊功名,轮流坐庄宴请,饮酒后高谈阔论、放诞不拘,大呼小叫或裸奔佯狂。因为如此张扬不羁的个性,被当时人称为"江左八达"。他们纵情悖礼、狂傲不羁的言行背后,隐藏的是一种怀恋北乡而不得归的痛苦与哀愁。阮孚无时不思念北方故土,与羊曼一样对王敦后来懈怠北伐的态度充满怨愤。八位心系北方的文人,在喝醉后常悲壮地哼唱着北方民谣《陇头歌》,虽然身处山水秀丽的江南,内心的精神归属却无处安放。有一次,晋元帝劝告身为将军府长史的阮孚应该节制饮酒,阮孚却巧妙地暗讽似地回答:

> 陛下不以臣不才,委之以戎旅之重。臣黾勉从事,不敢有言者,窃以今王莅镇,威风赫然,皇泽遐被,贼寇敛迹,氛昆既澄,日月自朗,臣亦何可爵火不息? 正应端拱啸咏,以乐当年耳。

这是一段话中有话的回答,阮孚称现在天下太平、国家没有战事,自然应该啸咏山林、纵情作乐。此话背后怨讽了晋元帝偏安江左、没有心思尽力北伐,因此他作为思归的北人也没有机会效力于光复中原。

至于"江左八达"一起活动的地点在何处?考察"江左八达"成员的主要仕宦经历——谢鲲南渡后曾任王敦长史与豫章太守;毕卓历仕吏部郎、温峤平南长史;羊曼曾任司马睿登基前的镇东参军、丞相主簿及东晋建立后的黄门侍郎、尚书吏部郎、晋陵太守；阮放曾任太学博士、太子中舍人、吏部郎及交州刺史；桓彝曾任司马睿登基前的中兵，登基后的中书郎、尚书吏部郎、散骑常侍、宣城内史；阮孚曾任司马睿登基前的参军、从事中郎，在广陵出任车骑将军长史，后迁黄门侍郎、散骑常侍、太子中庶子、侍中、吏部尚书等职；王尼南渡后主要居于西部江夏，为荆州刺史王登所厚；胡毋辅之渡江后曾任司马睿安东将军祭酒、外任湘州刺史。

八人都有都城外仕宦或生活的经历，而建康是他们最有可能产生交集的地理空间。据《晋书》所载几处八人一起的纵乐、放荡活动——"敦有不臣之迹，显于朝野。鲲知不可以道匡弼，乃优游寄遇，不屑政事，从容讽议，卒岁而已。每与毕卓、王尼、阮放、羊曼、桓彝、阮孚等纵酒，敦以其名高，雅相宾礼。尝使至都，明帝在东宫见之，甚相亲重。""成都王颖为太弟，召（胡毋辅之）为中庶子，遂与谢鲲、王澄、阮修、王尼、毕卓俱为放达。""敦既诛害忠贤，而称疾不朝，将还武昌。"据《晋书》此类记载推断，"江左八达"共同的放纵活动，应该发生于八人都身居建康的时候，尤其是发生在谢鲲担任王敦大将军府长史、随王敦从驻地武昌入都城建康清君侧时、还军后被王敦外放豫章太守之前的可能性最大，即建兴三年（315）至太宁元年（324）之间。

除了"江左八达"，身为流民统帅的郗鉴也常怀北归之心，他在临终之前仍对君主嘱咐称："臣所统错杂，率多北人，或逼迁徙，或是新附，百姓怀土，皆有归本之心。"郗鉴死于咸康五年（339），虽然距离永嘉已过20多年，但北人仍不愿定居南方，"皆有归本之心"，因为分给了田宅，才得以安心。

田余庆在《东晋门阀政治》中称"门阀政治的产生及维持与皇权、士族及流民三股势力相关"，北方流民是构成东晋政权的三大基石之一，他们因为想北归的强烈心态，在几次北伐和抵抗胡人南侵时都表现出勇猛的战斗力，后来作为淝水之战主力的京口北府兵，也正是由陆续南下流亡的北方流民所组成。

以上是南渡北人五种不同的心态与表现，本质上是他们以中原文化为正朔的坚持与优越感。

北方的高门士人，则是在深入南方士族势力范围杂居、繁衍两三代后才开始改变对江南的认同心态。并且，南渡北人对南方的地理与文化一直充满矛盾心理：既傲慢又不得不进行兼容。在政治利益上，东晋初设置侨郡县，为流亡江南的北人免去赋税负担，直至多年后才实施多次土断、让北人就地入籍，让移民户和当地土著居民负担同样的国家赋役，加速了中下层人们的"南北融合"。政治上的南北士族与百姓的融合，也促进了文学创作上南、北文人在题材和风格上的渐渐趋同。

二、南北文人的差异与融合

本书研究的初期，一度将文人迁移的重点放在南、北文人的差异与融合上，随着不断地深入探析，发现当初预想的南北差异其实并不十分明显，原因在于南人北化和北人南化之间的发展不平衡：首先，攻灭秦国的项羽、建立汉室的刘邦都是南方楚人，汉初的中原即开始盛行南方楚文化，在文学上甚至王室都亲自作《大风歌》《秋风辞》《鸿鹄歌》之类的楚歌，也欣赏由楚辞演化而来的颂德大赋，所以南北文化的大交融在汉初即已开启；到了两晋，江左本土的世族，顶级如吴郡四姓"朱、张、顾、陆"和会稽四姓"魏、虞、孔、谢"，除了顾恺之一门（顾恺之所属的顾家，是罕见的江南土著世族，先祖是越王勾践的后裔"顾余侯"），其余都是东汉末年战乱时南迁北人的后代，他们的家学传承的源头本身就是中原的学术和文化；及至蜀、吴先后亡了国，许多后来在东晋初期受重用的江左世族都曾北上洛阳出仕——如顾荣、张翰、孔愉等南方名士，故对北方文化都有很好的接受度与包容度。因此，两晋南、北文人间的融合并非集中于两晋之交，而是前有漫长铺垫。而东晋之后长达169年的南朝，对南北文化融合、江南文化的塑造也同样十分重要。

虽然南北文人的差异有限，但东晋时南北文人的融合却比起西晋时有了巨大的推进。司马睿初镇江左时，听从王导"顾荣、贺循、纪瞻、周玘皆南土之秀，愿尽优礼，则天下安矣"的劝告，笼络、重用南人顾荣、贺循、周玘等。故一开始，在王导和合南北士族的努力下，南方士族也曾有较高的地位和待遇，比如"（周）札一门五侯，并居列位，吴士贵盛，莫与为比，王敦深忌之。后筵丧母，送者千数，敦益惮焉。"

建武元年（317）司马睿还颁布《赐贺循床荐等物令》来礼遇贺循，又因他精通《仪礼》，将草创东晋礼制的重任交给他。到了大兴元年（318），司马睿为笼络吴地人才，又特地下诏《诏访吴地先贤未旌录者》。

王导本人面临东晋初建后、南方本土世族不愿主动出仕、并不配合政权的窘境，为了笼络南方士族，开始学习说吴语，并曾自降身份向南方世族陆玩请求联姻：

> 王丞相初在江左，欲结援吴人，请婚陆太尉。对曰："培塿无松柏，薰莸不同器。玩虽不才，义不为乱伦之始。"（《世说新语·方正》）

陆玩辞谢说，香草、恶草不能摆放在同一器皿内，我不能开乱伦的先例。陆玩表面上是谦虚地自我贬低，但内心也很可能是在轻视北方士族，双方之间始终存在差异与隔阂。陆玩还曾抱怨自己差点成为北方的伧鬼：

> 玩尝诣导食酪，因而得疾。与导笺曰："仆虽吴人，几为伧鬼。"其轻易权贵如此。（《晋书·陆玩传》）

陆玩在王导家吃北方的酪后得了病，后来写信给王导说，我虽是吴人，却几乎做了你们北方的伧鬼。孙盛在《晋阳秋》中说，孙吴人把北方的中州人称为"伧"。南方文人对北方文人的抗拒和不满的心理，经常淋漓尽致地体现在"伧"的各种运用上："伧荒"指人物鄙陋、未受教育、地域荒远；"伧头"指粗鄙之人；"伧夫"指鄙贱、缺乏教养的人，还有"伧父""伧子"等多种叫法，但大义都是表达南方人对北方人的不满和愤恨。

非常有趣的是，虽然"伧"是南人对北人的蔑称，但后来早渡江的北人也学着吴人一起，称晚渡的北人为"伧荒"①：

---

① 胡宝国. 晚渡北人与东晋中期的历史变化//北大史学（第14辑）[M]. 北京：北京大学出版社，2009.

> 晚渡北人，朝廷常以伧荒遇之，虽复人才可施，每为清涂所隔，坦以此慨然。（《宋书·杜骥传》）

这种微妙的心理变化，说明早来的北人已经开始倾向于认同自己的吴地身份。杨佺期属于东晋的晚渡北人，他是东汉太尉杨震的后代，自视为"承籍华胄，江表莫比"，是华夏的后裔，是应该受到保护的帝王或贵族的子孙。但因为渡江较晚，"桓玄每以寒士裁之，佺期甚憾。"晚渡北人经常被早渡北人的二代歧视，因为后者自幼生活在南方，对北方开始缺乏认同和归属感。

南人的北化虽然早已有之，但北人的南化在东晋初还是较为凸显的。下面即从南渡北人的角度出发，论述南北差异的具体表现。

其一，北方学术广博与南方学术专精的差异。南北文人开始共处江左，互相交往、了解之后，学术上的对比差异就开始明显。《世说新语·文学》篇有记载：

> 褚季野语孙安国云："北人学问，渊综广博。"孙答曰："南人学问，清通简要。"支道林闻之曰："圣贤固所忘言。自中人以还，北人看书，如显处视月；南人学问，如牖中窥日。"刘孝标注："支所言但譬成孙、褚之理也。然则学广则难周，难周则识暗，故如显处视月；学寡则易核，易核则智明，故如牖中窥日也。"

按照刘孝标的注解，南方人之所以"清通简要"，是因为知识少而精，就像从窗户中窥视太阳，而在更早的《三国志·虞翻传》就曾提到这个问题：

> 策既定豫章，引军还吴，飨赐将士，计功行赏，谓翻曰：孤昔再至寿春，见马日磾，及与中州士大夫会，语我东方人多才耳，但恨学问不博，语议之间，有所不及耳。孤意犹谓未耳。卿博学洽闻，故前欲令卿一诣许，交见朝士，以折中国妄语儿。

虞翻属于"会稽四姓"之一，除了注《易经》，还为《老子》《国语》《论语》等诸多经典做注，在南方学者中属于突出的、难得的博学人才，因此被孙策期望能去中原为吴人的学问"不博"来正名。直至后来的隋朝，《隋书·儒林传序》也有论及当时的南北学术仍有类似的差异："南人约简，得其英华；北学深芜，穷其枝叶"。这不仅表现在对治经史的学问上，也有文学创作方面的体现。比如北方的张华曾创作《博物论》："尝徙居，载书三十乘。……天下奇秘，世所希有者，悉在华所。由是博物洽闻，世无与比"。而相形之下，南方文人则偏好做《华阳国志》《湘中记》《荆州记》等某地方志，在视野的开阔程度上逊色许多。

为何南方文人会学问不博？这或许与地理条件、游学条件和图书储备密切相关。以非常典型的丹阳葛洪为例，他在《抱朴子·外篇》中曾有自叙：

> 累遭兵火，先人典籍荡尽，农隙之暇无所读。乃负笈徒步行借，又卒于一家，少得全部之书。益破功日伐薪卖之，以给纸笔，就营田园处，以柴火写书。坐此之故，不得早涉艺文。常乏纸，每所写，反覆有字，人鲜能读也。年十六，始读《孝经》《论语》《诗》《易》。贫乏无以远寻师友，孤陋寡闻，明浅思短，大义多所不通而魏代以来，群文滋长，倍于往者，乃自知所未见之多也。江表书籍，通同不具。昔欲诣京师，索奇异，而正值大乱，半道而还。每具叹恨。今齿近不惑，素志衰颓，但念损之又损，为乎无为，偶耕薮泽，苟存性命耳。博涉之业，於是日沮矣。

葛洪因为战火而失去家传书籍，又因贫困缺乏纸张和读书的时间。同样因为贫乏，也无法"远寻师友"，以至失去游学的机会。再加上江南的书籍大多都不完备，有所缺失的图书自然难以造就广博的学者。葛洪曾想赴洛阳求书，却因战乱而半路返回。至此，他非常遗憾自己不得不停止对"博涉之业"的追求。

虽然葛洪日后仍靠勤奋成长为一位集文学、哲学、医学、道家学说等多门学识为一身的才士，但从他的求学磨难中，也可见南方文人想要习得广博学术，在客观条件上就十分不易。另外，家学对文人学问的传承也具有很大的影响，陈寅恪曾说："东汉以后学术文化，其重心不在政治中心之首都，而分散于各地之名都大邑。是以地方之大族盛门乃为学术文化之所寄托。……故论学术，只有家学之可言，而学术文化与大族盛门常不可分离也。"正因为学术中心在东汉后分散各地，因此游学、博采众长就显得十分重要，东汉末年的郑玄即深谙此道：

> 游学周、秦之都，往来幽、并、兖、豫之域，获觐乎在位通人，处逸大儒，得意者咸从捧手，有所受焉。遂博稽六艺，粗览传记，时睹秘书纬术之奥。

可见北方文人学术的广博，胜在靠累世家学传承、书籍完备、交游广便等诸多条件。但学术的广博是否一定值得推崇？不然。针对广博取向的缺陷，颜之推曾叹息章句之学的没落："空守章句，但诵师言，施之世务，殆无一可。故士大夫子弟皆以博涉为贵，不肯专儒。"专精一门儒术已经很难为文人带来仕途荣进的保障。相比之下，南方文人的专儒、专精也有一定的好处，比如南方会稽的贺循，因为家学中数代传习、专精于礼，司马睿建立东晋后的朝廷礼仪都请他定制、裁夺①，而非用南渡北人中的学术广博之人。南人陶侃的为人就"纤密好问"，善于观察与记忆细节，他曾下令军队驻地种植柳树，一位下属却偷盗官家柳树种在自己门前，陶侃一见即发现它原本是种在武昌西门的柳树。专精的特点是注重细节、做到极致，不利于博览与广涉，但有益于南方文人在创作上对细腻生动、精致优雅的追求。

其二，语言的差异："洛下书生吟"与吴语。北齐颜之推曾在《颜氏家训·音辞篇》中对比南北语言：

> 南方水土和柔，其音清举而切诣，失在浮浅，其辞多鄙俗；北方山川深厚，其音沉浊而化钝，得其质直，其辞多古语。然冠冕君

---

① 参见《晋书·贺循传》曰："时朝廷初建，动有疑义，宗庙制度，皆循所定，朝野咨询，为一时儒宗。"

子，南方为优；闾里小人，北方为愈。易服而与之谈，南方士庶，数言可辩；隔垣而听其语，北方朝野，终日难分。而南染吴越，北杂夷虏，皆有深弊，不可具论。

颜之推认为吴语的语音清亮高昂、真切，是因为南方水土柔和，缺点是发音浅而浮，用词浅陋粗俗、不够典雅；而北方的地理山高、水深、土厚，因此语音低沉、圆钝，有朴实直率的优点，且保留诸多古语。就士大夫的言谈水平而论，南方高于北方；从平民百姓的说话水平来看，北方胜过南方。但是颜之推反对将南方吴语跟北方洛阳话的沾染、融合，因不利于保持各自的特色与优点。

洛阳话在东晋备受追捧，《晋书》记载："安本能为洛下书生咏，有鼻疾，故其音浊，名流爱其咏而弗能及，或手掩鼻以学之。"学习谢安用洛阳书生的腔调吟咏诵读，成为一种时髦，建康（南京的旧称）士人争着效仿，就连谢安的鼻炎效果也照学不误。洛阳话被视为一种高贵的语言，甚至关系到是否能联姻，据如《南史·胡谐之传》记载，南齐皇帝想给胡谐之的子女提亲，但他们洛阳话的"发音不正"，于是只先派了几个会说纯正洛阳话的官方人去"教子女语"。

但也有人反感洛阳话，比如南方本土的顾恺之，别人问他为什么不学洛生咏？他答曰："何至作老婢声！"虽然王导、谢安等一流名士都会洛阳的书生吟，但顾恺之认为它重视浊音、过分悲凉，听起来像老婆子，不该推崇。

与此同时，吴语却逐渐受到北人的接受与喜爱。南渡初时，王导曾为笼络吴人而学习使用吴语。后来同族的王氏子弟在会稽已经被吴语浸化：

支道林入东，见王子猷兄弟，还，人问'见诸王何如？'答曰：'见一群白颈乌，但闻唤哑哑声。

余嘉锡解释说，这是支遁在讥讽王徽之兄弟们像白颈乌一样说吴语，可见支遁歧视吴语的心理。吴语逐步地被接受，其实也有受到吴歌传播

的推动,比如《晋书》载:

> (司马)道子尝集朝士,置酒于东府,尚书令谢石因醉为委巷之歌,恭正色曰:"居端右之重,集藩王之第,而肆淫声,欲令群下何所取则!"石深衔之。

"委巷之歌"即指"吴歌",谢石醉后曾唱吴歌,王恭因此而当众斥责谢石,以至于后者记恨。但接受吴歌的北方人仍旧在增多,以至桓玄曾问羊孚:"何以共重吴声?"羊曰:"当以其妖而浮。"桓玄问羊孚为何众人都爱吴声?羊孚答:"应该是因为它的声音妩媚而轻柔吧。"这种"妖而浮"的特点很符合吴歌的表达需要,喜好吴歌的北人已经开始模仿创作江南民间的吴歌。比如孙绰曾作《碧玉歌》:"碧玉小家女,不敢攀贵德。感郎千金意,惭无倾城色。"王献之曾作《桃叶歌》,王廞有《长史变歌》等。可见,吴语、吴歌促进了北方文人对民间吴歌的审美与吸收创作。

这一时期,虽然仍以洛阳话为高贵,但吴语方言中的一些独有词汇开始进入主流的语言系统,比如"瀑布""阿堵""阿子"等,丰富了北方的语言词汇。

其三,审美上的区别:北方典雅中正、以政教功用为取向;南方浪漫率真、以愉悦享乐为取向。北方重视政治伦理题材与增益个人朝望的玄言清谈。"清谈"针对玄学问题析理辩论,以展示自己的思辨与口才,最终谋求他人的美誉与声望。对此,鲁迅解释这种心理说:"魏晋以来,乃弥以标格语言相尚,惟吐属则流于玄虚,举止则故为疏放。"名士们为了超越平凡、打破常规、博出声望,就刻意、努力地追求与众不同,说话玄虚并故意撇清世俗社会的庸俗。南方文人则继续保持真率自由的性情,张翰在担任齐王掾属时,在洛阳看见秋风起,便思念起故乡的莼菜羹、鲈鱼脍,曰:"人生贵适志,何能羁宦数千里,以邀名爵乎?"于是马上命驾南归。

虽然南北之间存在差异与族群对立,但东晋政权多次刻意地进行南、北世族势力的平衡,以求国家统治的稳定。太宁三年(325),晋明帝司马绍在平定王敦之乱后，为避免权臣再度威胁到晋室，开始提拔江东士族，分散王导家族势力，在移民和本土士族之间谋求平衡与互相制约。王导本人也曾多次向晋元帝劝言，建议重用顾荣、贺循、纪瞻、周玘等"南土之秀"。咸康中，王导、郗鉴、庾亮等大臣相继去世，晋室也任用江左本土的陆玩为掌握重权的侍中。南方吴地士族在与北人共享权力的过程中，舒缓了矛盾与冲突。

但东晋前期的门阀士族也不是只因南、北地域之别而对立，他们各自内部也有矛盾和冲突。江南士族并不团结，互相之间也会因为政治立场不同、家族利益不同而内斗、互相打击，如沈充联合王敦打击周札家族。又如景平元年（423），虞潭从家乡余姚召集宗族和郡中万人讨伐帮助王敦叛乱的沈充。

北方南渡士族的内部也有利益矛盾：谢安执政时，大权独揽，暗中排斥王氏，王、谢两家互不相容。王珣、王珉兄弟先后娶谢家女儿为妻，同为谢氏女婿。谢安却先让侄女同王珣离婚，随后又让女儿同王珉离婚，两族由此更累积了仇怨。

东晋成立以来，北方侨姓士族与南方吴姓士族之间的矛盾时不时地凸显，而此时的吴姓士族就往往受到排挤与压制。明帝为了稳定东晋政权，临终前一个月，还下诏说："吴时将相名贤之胄，有能纂修家训，又忠孝仁义，静己守真，不闻于时者，州郡中正亟以名闻，勿有所遗。"力图调解这个矛盾，以期打破南北隔阂。

但这种南、北不平等的现象一直持续到南朝。《南齐书》记载，刘宋时期吴兴的丘灵鞠就深受不公平待遇之苦，他在永明二年被授予骁骑将军，却不愿意从事武官职位，甚至向人抱怨：

"我应还东掘顾荣冢。江南地方数千里，士子风流皆出此中。顾荣忽引诸伧渡，妨我辈途辙，死有余罪！"

丘灵鞠为不公平的仕途待遇而愤恨，以至于竟想回家乡把顾荣的坟墓给扒了，只怪他招引、辅佐了一群粗鄙北人南渡过江，以至于现在挡住了江南士子们的道路。可见，南北士族在政治地位上一直不平衡。

吕思勉的《两晋南北朝史》提到了移民代际的推移，对南北融合的助力作用："北人歧视南人，至陈亡之后，侨居者渐成土著，此等意见，浸以消融矣。南北汉人之融合，实乃民族融合之一大事。"又如陈寅恪所说，民族应该以文化、文化认同来划分，而非生理上、血统上的种族[①]。无论南、北，文化趋同后都能属于同一个种族。

总之，西晋时的南人北上和东晋时的北人南渡，造成的双方融合趋势、程度都大有不同。但北人南渡后，开始自觉或不自觉地接受、吸纳南方文化，而非之前南人北上时只能主动向中原文化这一主流靠拢。在整个东晋时期，南渡北人在政治、经济权力上更为强势也更占优势，在文化贡献、文学成就上，也比本土南士更为巨大。虽然江左土地为中原的衣冠文明提供了宝贵的延续发展机会，但反过来看，无论是数量还是质量，南渡北人及其后代都对江左文化产生了更深远的影响。

第三节 建康文学中心凸显的"中兴"主题

建武元年（317），晋元帝司马睿在建康称帝，建立东晋政权。除了伴随南渡而来的西晋中原"玄谈"之风，建康此时更是出现了一批代表性的歌颂中兴的作品。而早在永嘉元年（307），司马睿已在王导的建议下迁镇建康，通过十年的经营，获得江南本土世族和北方避难侨居大族的拥护。在这样的背景下，避难江左的人们对东晋中兴充满期望与歌颂的心情，一批颂德赋也随之而生。

一、建康文学中心绮靡与玄淡的双面风格

建康文学中心的绮靡文风主要体现在"中兴"文学主题的创作上，尤其是歌颂东晋政权的颂德赋上。这时期涌现的诗文沿袭了西晋华丽绮靡的文风：如郭璞《江赋》、王廙《中兴赋》和《白兔赋》、庾阐《扬都赋》等，或赞美长江天险、京都华美，或颂扬中兴福瑞。其中，庾阐的《扬都赋》甚至还重现了当年左思《三都赋》使洛阳纸贵的盛况："人人

---

① 陈寅恪.元白诗笺证稿[M]上海：上海古籍出版社，1978：308.

竞写，都下（京都）纸为之贵。"以下列举《扬都赋》的部分内容：

> 子未闻扬都之巨伟也，左沧海，右岷山。龟鸟津其落，江汉演其源。碣金标乎象浦，注桐柏乎玄川。昔旬吴端委，延州俪臧。高让殆于庶几，英风亚乎颍阳。土映黄旗之景，峦吐紫盖之祥。岩栖赤松之馆，岫启缙云之堂。龙府涣而夏德兴，群神萃而玉帛昌也。天包龙轸，地奄衡霍。玄圣所游，陟方所托。我皇晋之中兴，而骏命是廓。灵运启于中宗，天网振其绝络。

上文虽为全赋的一小部分节选，但庾阐绮靡、繁复的文风已经非常明显，继承了西晋左思都城赋的华丽风格，也难怪乎它被谢安称为"屋下架屋"。但更值得注意的是"龙府涣而夏德兴""我皇晋之中兴，而骏命是廓。灵运启于中宗，天网振其绝络"等点睛之句。虽然作者题为写扬都建康，但庾阐强调它雄奇巨伟、物产丰富、祥瑞凸显的背后，是为了衬托出建康政权中兴带来的一派祥和、蒸蒸日上的喜人气象。

司马睿正式称帝后，王导、王敦的从弟、王羲之的叔父、时任荆州刺史的王廙，也饱含喜悦与忠诚地献上了一篇《中兴赋》。建康中兴反映在文学上的代表体裁是赋作，但赋的写作不像诗可以速成，需要通篇构思和反复修改，因此集会现场作赋的现象比较少见。司马睿登基时在南郊祭天，郭璞为之作《南郊赋》也是事后呈献。

除了繁复的大赋，也有许多歌颂中兴的诗歌，尤其是数量众多的宗庙歌、飨神歌。诗人在缅怀先祖皇帝、祈福各类神灵时，会在诗中大量地提及东晋初政权的安定、当朝天子的英明、国运的中兴。比如被誉为"中兴之秀"的曹毗，即有歌颂中兴主题的《晋江左宗庙歌》：

> 明明肃祖，阐弘帝胙。英风凤发，清晖载路。奸逆纵忒，罔式皇度。躬振朱旗，遂豁天步。宏猷渊塞，高罗云布。品物咸宁，洪基永固。（选自《先秦汉魏晋南北朝诗》）

建康文学中心的代表性作品，尤其是《中兴赋》《扬都赋》《南郊赋》

等大赋，追求繁复的"美文"，继承了西晋浮华的文风的同时，进一步中断了北方汉魏以来质朴的"风骨"。而建康文学中心的"中兴"主题，也包含了对东晋朝廷的歌颂与期待、对江左安定秀美环境的盛赞、对中原士人南渡幸存的慨叹等多种复杂内容。

建康文学中心玄淡之风则主要体现在南渡玄风带来的"清谈"活动上，清谈活动少则两人、主客对答，多则一主多客或一客多主，即使是自为主客、自问自答，也必有围观的听众，因此清谈也是东晋文人聚会的一种重要形式。《世说新语》中记载了许多清谈聚会的事迹，王导、王敦、庾亮、温峤、祖约、殷浩等人都热衷清谈，视清谈聚会为显示自己学问修养、表达玄学见解的机会。在东晋初执掌30多年朝政的王导，就在清谈中推崇嵇康首提的声无哀乐论和养生论，通过聚会时的辩论在南北士族中传播自己的意见，施加自己的影响力。卫玠更曾在王敦府上与谢幼舆清谈，通宵清谈以至于累得旧病复发，至于不治，是清谈而死的极端例子。

郭璞、庾阐等人都是中下层士族，在他们创作讴歌中兴、颂德东晋政权时，建康的高门世族则醉心于清谈这一口头文学的聚会，间有实用性的奏章制表等政用文体。名士们的聚会注重玄理清谈，偶有吉光片羽的佳句流传，如王导的"楚囚对"、桓温的"木犹如此，人何以堪？！"但玄学清谈仍不失为一种口头文学，虽然留诸纸笔的较少，正如鲁迅在《魏晋风度及文章与药及酒之关系》中所言："东晋以后，不做文章而流为清谈。"也有像西晋乐广一样的士人，精于清谈却短于文章，连写辞职文章都需要求助于潘岳。

王濛是王导手下的掾属，但身为名士，他常常召集一批文人清谈，讨论的话题则是声音有没有哀、乐之分？如何养生延年？言是否能尽意？诸如此类哲学问题。这些讨论与争辩，为玄言诗的兴盛提供了文化氛围和土壤。许洵、孙绰、支遁等玄言诗人，乃至后来的权臣庾亮和桓温，都有玄言诗传世。玄言诗大多崇尚对老庄义理的表达，内容玄虚、缺乏形象，如钟嵘所评"理过其辞，淡乎寡味。"但因为玄理与自然山水有契合之处，所以孙绰也有像《秋日诗》这样融合秋月、庭林、凉风、凝霜等景物的玄言诗，开始展露文人关注山水的苗头。一直到发展到谢灵运常拖着玄言尾巴的山水诗，可见玄言清谈、哲理领悟是促使文人关注、欣赏自然山水的一个重要因素，并非对文学发展毫无益处。

二、建康文学中心产生的影响

除了赋作上继承了北方洛阳文学中心的华丽之风，极尽繁复、刻画、颂扬的骈俪之能，建康文学中心还有另一种相反的、追求冲淡与玄远的文学风格，集中体现于追求哲理思辨、表达工整有力的口头文学——"清谈"。因为文人门阀阶层、关注对象、聚会方式的不同，建康文学兼具了繁复与玄淡这两种看似对立的文学创作风格。

清谈活动早在西晋时期中原地区就已盛行，北人南渡之后继续在江左热衷于此。"清谈之风"是贵族知识分子探讨人生、宇宙哲理的一种辩论活动，它同时也讲究语言的修辞手法与争辩技巧。建康文学盛行的清谈对此前西晋的玄风、后来会稽文学的玄言诗具有承上启下的过渡作用。咸安二年（372）桓温废司马奕后改立司马昱为帝。司马昱本人善于清谈，史称"清虚寡欲，尤善玄言"，在他的提倡下，东晋中期前的玄学继续受到世族的追捧。

刘师培曾说："晋人文学，其特长之处，非惟析理而已。大抵南朝之文，其佳者必含隐秀，然开其端者，实惟晋文。又出语必隽，恒在自然，此亦晋文所特擅。齐梁以下，能者鲜矣。"①晋人的文章，拥有言外之意的神理、气韵，既隐秀又自然，这些特点都与他们在清谈中深刻的哲理思考有关。

而建康文学最主流的中兴、颂德文学作品，更是崇尚骈俪、铺排、浮华的赋作，具有诗赋合流的发展倾向。这些语言与手法上的进步与积累，此后帮助南渡北人更自如地吸收江南民间乐府的儿女文学，加以更加细腻生动的文人化创作。

可以说，建康文学继承了洛阳文学华丽、繁复的文风，极尽华丽铺排的手法——庾阐的《扬都赋》、郭璞的《登百尺楼赋》和《江赋》等作品，与西晋左思的《三都赋》、潘岳的《秋兴赋》和《登虎牢山赋》等一

---

① 刘师培.刘师培中古文学论集［M］.北京：中国社会科学出版社，1997：57。

脉相承。同时，建康文学还延续了北方中原的清谈活动，并将其扩展到宫廷、屋舍之外的南方山川、木林之中，使南方秀丽的山水成为表达个人哲思的一种载体，进而将悠游山水演变为名士高雅、闲适的一种生活方式。在此背景下，加上西部山水文学的传播与影响，此后建康、会稽的玄言诗创作也自然向山水诗开始过渡。

建康作为京师，在文学中心转移至会稽以后，也仍有不少文人集会活动。如东晋末年义熙一二年间，谢灵运回到建康乌衣巷的谢家旧宅，在族叔谢混带领下，与族中子弟谢瞻、谢晦、谢曜等人，清谈玄理、品评人物、吟诗作文，被称为"乌衣之游"。

谢混成长在陈郡谢氏家族鼎盛兴亡的时间段，但此后孙恩叛乱，父亲与兄长都在会稽被杀，谢家子弟人丁凋零，家族地位不断下滑。因此在"乌衣之游"中，谢混十分关注对家族子弟的培养，做有《诫族子诗》，这是此前创作中少有的、将私人家庭生活和亲属交游关系入诗的作品，而它也影响了当时正在东游、出使建康的陶渊明，以及他此后创作的《责子诗》与《娇女诗》。

第四章 东晋中期会稽文学中心

晋室南渡建立政权后,高门世族文人大多聚集在都城建康及其附近的丹阳郡。但10年后苏峻之乱爆发,叛军攻占、烧毁了建康城,面对满目疮痍和飞涨的物价,温峤首先提出迁都,但此时朝中对新都的选择分为两派:南渡北人主张迁都豫章、本土的南方士族则主张迁都会稽——《建康实录》卷七载:"温峤议迁都豫章,朝士及三吴之豪议都会稽。"对此,胡宝国分析后认为:"《建康实录》在'三吴之豪'前面还有'朝士'二字,很有道理。可能正是因为大量'朝士'的'家人'到了会稽避难,所以他们才会与'三吴之豪'共同提议迁都会稽。"①这一观点敏锐而颇有见地。

根据第一章第二节的统计,东晋文学家的籍贯分布,仍以琅琊郡、陈郡、河东郡、谯国等为代表的北方地区,代表东晋文人在数量上仍以南渡北人及其后代更占多数。排名其次就是以建康、丹阳、会稽郡、吴郡为代表的吴越区域,可见南方本土出生的士族主要聚居于扬州区域,尤其是其中的京畿、会稽与吴郡地区。这其中,从文人迁移的动态地理的角度看,又尤以会稽郡备受南北士人的共同青睐。

---

① 胡宝国.晚渡北人与东晋中期的历史变化[J].北大史学,2009(14).

第一节 苏峻之乱与建康——会稽中心的兴替

身为顶级门阀的王、谢家族,其实在南渡后不久,就在会稽购置产业、安顿族中子弟。谢裒与兄长谢鲲,是谢安祖父谢衡的两子,属于晋元帝的"百六掾"成员,他们带领北方的谢氏家族一起南下,定居在始宁(今绍兴上虞)东山,这完全是尊奉祖父谢衡在临终前的嘱托,令他们兄弟前往会稽与更早南迁的族人会合。可见,陈郡谢氏早在东晋建国之前就已经开始定居在会稽郡。

东晋、南朝人都将会稽与首都建康的关系比喻为以往的首都长安与关中的关系——《晋书》:"今之会稽,昔之关中",可见会稽聚集了大批高门世族移民的事实。

王导最后虽然力排众议、拒绝迁都,但经历永嘉南渡、苏峻之乱、建康破败后,幸存下来的南渡北人更明白安定环境对于生存的重要性,迫切需要一处安顿家族、繁衍生息的郡邑。于是,远离动荡京师、战局前线的会稽郡成为他们的一个选择。正如《晋书》所云:"及苏峻谋逆,超代赵胤为左卫将军。时京邑大乱,朝士多遣家人入东避难。"这里的"东"即指会稽地区。

会稽不仅远离时局的动乱,还有吸引北方士族的"佳山水":

> 羲之雅好服食养性,不乐在京师,初渡浙江,便有终焉之志。会稽有佳山水,名士多居之,谢安未仕时亦居焉。孙绰、李充等皆以文义冠世,并筑室东土与羲之同好。尝与同志宴集于会稽山阴之兰亭,羲之自为序以申其志。(选自《晋书·王羲之传》)

> 王子敬云:"从山阴道上行,山川自相映发,使人应接不暇。若秋冬之际,尤难为怀。"(选自《世说新语·言语》)

> 人问以会稽山川之状,恺之云:"千岩竞秀,万壑争流。草木蒙笼其上,若云兴霞蔚。"(选自《晋书·文苑传》)

需要补充说明的是,会稽上虞、剡溪等地之所以被南渡北人看中,不仅因为有避世的好风景,还因为它们并非江东本土士族的传统势力范围，避开了经济上侵犯原主的南北矛盾。正如陈寅恪先生在《金明馆丛稿初编》中分析："新都近旁既无空虚之地，京口晋陵一带又为北来次等士族所占有，至若吴郡、义兴、吴兴等皆是吴人势力强盛之地，不可插入。故惟有渡过钱塘江，至吴人士族力量较弱之会稽郡，转而东进，为经济之发展。"

然而，会稽郡内在隆安三年（399）爆发的孙恩、卢循起义，持续了12年之久，沉重打击了会稽作为文学中心的地位：

> 及元显纵暴吴会，百姓不安，恩因其骚动，自海攻上虞，杀县令，因袭会稽，害内史王凝之，有众数万。于是会稽谢𫐐咸、吴郡陆瑰、吴兴丘尫、义兴许允之、临海周胄、永嘉张永及东阳、新安等凡八郡，一时俱起，杀长史以应之，旬日之中，众数十万。于是吴兴太守谢邈，永嘉太守谢逸，嘉兴公顾胤，南康公谢明慧，黄门郎谢冲、张琨，中书郎孔道，太子洗马孔福，乌程令夏侯愔等皆遇害。吴国内史桓谦，义兴太守魏㑭，临海太守、新蔡王崇等并出奔。……吴会承平日久，人不习战，又无器械，故所在多被破亡。诸贼皆烧仓廪，焚邑屋，刊木堙井，虏掠财货，相率聚于会稽。（选自《晋书·孙恩传》）

孙恩起义，残暴地杀害了顶级门阀、王谢两家的不少成员：王凝之、谢邈、谢逸、谢明慧等人，而身为江东本土士族的顾胤、孔道、张琨等人也未能幸免。孙恩的叛乱，纵容放火劫财、大肆屠戮，杀害、驱散了许多拥有文学修养的南北士族，对会稽当地的经济、文化造成了深重的破坏。随着会稽丧失安定、秀美的生存创作环境，流失大批文学人才，它也不可避免地走向了衰弱。

从咸和二年（327）朝士因"苏峻之乱"而南下开始，到隆安三年（399）浙东爆发孙恩起义，会稽作为东晋中后期的文学中心持续了70年左右，经历了三代南迁士族的创作繁荣，这包括玄言诗、山水诗、绘画、雕塑、书法等诸多文艺领域，并在永和九年（353）形成了一个标志性的文人聚会与创作高潮——兰亭雅集与兰亭诗文创作。在此期间，只有桓温驻荆州的幕府文人集团曾在20年中成为分庭抗礼的另一个文学中心，且吸引了不少会稽文人的加入。

随着高门人才衰弱、寒门庶族的崛起，会稽士人不再可以依靠闲居时的交游或创作来获得朝望，进而谋求较高的起官职位，所以京师在对文人的向心力上重获优势。

第二节　北人移民后代的江南本土情结

西晋末，北方人民大量南流。东晋建立后，政府设立了许多侨州、侨郡、侨县予以安置。北人移民被称为"侨人"，其户籍被称为"白籍"，不必负担国家的赋税与徭役。一开始侨民都心系回迁中原，并没有定居安住之心。

一、土断入籍与北人移民二、三代身份认同的变化

中下层移民的这种心态，在高门士族庾亮身上也有所反映，他认为朝廷首要的任务应该是积极备战、光复河洛，其《谋开复中原疏》向朝廷献策：

> 臣宜移镇襄阳之石城下，并遣诸军罗布江沔。比及数年，戎士习练，乘衅齐进，以临河洛。大势一举，众知存亡，开反善之路，宥逼胁之罪，因天时，顺人情，诛逋逆，雪大耻，实圣朝之所先务也。

然而随着东晋北伐多次的失败，光复中原的希望日趋渺茫，并且百姓寄居既久、渐营田产、家墓成群，终于开始心安其业。

东晋大儒范宁，在《陈时政疏》中形象地叙述了侨民南居及土断入籍的必要性：

> 古者分土割境，以益百姓之心；圣王作制，籍无黄白之别。昔

中原丧乱，流寓江左，庶有旋反之期，故许其挟注本郡。自尔渐久，人安其业，丘垄坟柏，皆以成行，虽无本邦之名，而有安土之实。今宜正其封疆，以土断人户。

范宁认为当初的侨寄措施是怀有"庶有旋反之期"的希望，而如今现实却是"人安其业，丘垄坟柏，皆已成行，虽无本邦之名，而有安土之实"，因此，他也主张"土断人户"，让移民在当地彻底安定下来。

东晋政府为了增加赋税、促进侨人的就地融合，在成帝咸和年间采取了第一次土断：即让侨民正式地、就地编入所在的户籍，承担与江左本土南人一样的赋税义务。东晋时期，据胡阿祥统计，总共实行过四次土断：咸和土断、咸康七年土断、兴宁二年三月庚戌土断、义熙九年土断。这些土断或出于增加兵源、增加赋税、减少流窜犯人藏匿的目的，同时也经常含有庇护军事特权州郡的事例，因此常常执行得不彻底。加上南迁流民不断陆续地涌入，土断在进入南朝后也继续在不时地推行。从下层平民的角度而言，实行土断、就地入籍、赋税平等这样的措施，十分有利于北来侨民放下顾虑和身份，积极融入南北族群的交融。

到了东晋中期，像此前庾亮庾翼、祖逖祖约兄弟一样心系北伐的士人已很少，移民后代们对北方中原的情感日趋淡漠，桓伊是难得的一例，他在淝水之战后收集前秦步骑兵留下的铠甲，多年来作修复整理后共有六百领。又命人在他死后上呈朝廷，将这批铠甲献给朝廷，用于北伐和光复中原故土。但更多的士人，甚至像桓温、谢安等名臣的北伐，最后都沦为自己政治利益的需要，并非真出于光复中原的考虑[①]。

二、中原向心力的弱化与反对回迁中原

桓温第二次北伐时，成功地收复了故都洛阳，虽然他在修复皇陵后就押着降敌和三千多户归附的平民南归，但北伐首次出现曙光，桓温也因此在朝中名声大震，权势益增。于是在隆和元年（362），桓温上表提

[①] 桓温北伐旨在为自己的谋逆篡夺积蓄威望；谢安在淝水之战后功高震主，引起猜忌，不得不自求外任，避开锋芒。

议,让此前南渡江左的士庶一律回迁——《请还都洛阳疏》:

> 诚宜远图庙算,大存经略,光复旧京,疆理华夏。……若乃海运既徙,而鹏翼不举,永结根于南垂,废神州于龙漠,令五尺之童掩口而叹息。……而丧乱缅邈,五十馀载,先旧徂没,后来童幼,班荆辍音,积习成俗,遂望绝于本邦,宴安于所托,眷言悼之,不觉悲叹。臣虽庸劣,才不周务,然摄官承乏,属当重任,愿竭筋骨,宣力先锋,翦除荆棘,驱诸豺狼。自永嘉之乱,播流江表者,请一切北徙,以实河南,资其旧业,反其土宇。(选自《全上古三代秦汉六朝文》)

但孙绰首先上疏表示反对,冒险挺身作《谏移都洛阳疏》,认为迁都是"舍安乐之国,适习乱之乡;出必安之地,就累卵之危"。因为南渡移民"播流江表,已经数世""植根于江外数十年",同时也难以"离坟墓,弃生业"。太原王述也同样反对桓温迁都。

东晋中后期的文人大多已经是北方移民的第二代、第三代,出生于江南或人生大部分时光生活在江南,习惯了南方安乐、闲适的生活。即使桓温北伐小胜、想迁都回洛阳,但对他们仍缺乏吸引力。

不仅不愿回迁洛阳,当此后殷浩主张再度北伐时,王羲之也曾加以反对:

> "今军破于外,资竭于内,保淮之志非复所及,莫过还保长江,都督将各复旧镇,自长江以外,羁縻而已。……以区区吴越经纬天下十分之九,不亡何待!"

"羲之雅好服食养性,不乐在京师,初渡浙江,便有终焉之志。会稽有佳山水,名士多居之,谢安未仕时亦居焉。孙绰、李充、许询、支遁等皆以文义冠世,并筑室东土,与羲之同好。"王羲之对于会稽的"佳山水"心满意足,一开始便有终老会稽的打算,自然不会热衷于北伐或回迁。

北人移民后裔在会稽的生活，开始能享受会稽的秀美山水。王献之身为王羲之的第七子，几乎可以算作北方移民的第三代，而顾恺之出生于东晋中后期，因而他们对故土沦陷的悲痛记忆已经淡化，开始能专注于对江南美景的欣赏。

即使同为南渡世族，也会因为渡江早晚的区别而存在对江南认同的差异。东晋之初，吴郡士人以上国自居，常称南下的移民北人为"荒伧""伧父"，意为出于边鄙地区的粗野之人。但到了刘宋以后，渡江较早的北人后代反而以"荒伧"来称呼更晚到的移民北人。

北方士族对"江南"的态度，从鄙视、无奈地偏安到怡然自得的定居，情感上也不再有父辈首代移民怀恋北方的心理，对中原祖籍的追慕也逐渐冲淡。随着南北士族的融合，对于南渡后裔而言，江南由他乡成为故乡。正如胡晓明所说："（江南认同）在由一种政治认同转而为一种文化认同的过程中，文学起到了很大的作用……所谓'江南认同'的产生，不是一下子出现的，而是经历了北方中原认同在其中纠缠挣扎，死而后生，是北方渐渐化入南方的过程。"

第三节　南北士族文人融合的兰亭雅集

永和九年（353）的三月初三，古人的修禊日，42位东晋文人在会稽内史王羲之的邀请下，聚会于会稽山阴的兰亭。此时已是东晋建立35年之后，偏安江南的稳定、庄园经济的富庶、出生门阀可轻松入仕的政治特权、江南秀丽的山水，使得游宴山水成为会稽文人赋闲时的一种生活方式。

一、兰亭雅集的成员关系与南北士族文人比例

兰亭参会的众人在涤水除秽、去邪祈福后，流觞曲水、饮酒作诗，根据上海古籍出版社《兰亭集》收录，这42位文人分别为：

王羲之、谢安、谢万、孙绰、孙统、任凝、王彬之、王凝之、王肃之、王徽之、徐丰之、袁峤之、吕本、王丰之、王玄之、王蕴之、王涣

63

之、卓旄、郗昙、华茂、庾友、虞说、魏滂、刘密、谢绎、庾蕴、孙嗣、曹茂之、曹华、桓伟、王献之、谢瑰、卞迪、羊模、孔炽、虞谷、劳夷、后绵、华耆、谢藤、吕系、曹礼。

这里要特别指出的是，兰亭雅集中，王羲之七个儿子中竟有六子参加——长子王玄之、次子王凝之、三子王涣之、四子王肃之、五子王徽之、七子王献之，只有六子王操之没来。王羲之一门占与会人数的六分之一，这当然与王羲之是这次集会的东道主有关。另外，孙嗣是孙绰之子，孙统为孙绰之兄，谢安为谢万之兄，兰亭文人与金谷文人一样，有亲属关系的文人数量居多。

42位兰亭文人中，除了谢安、谢万、孙绰、王凝之、王徽之、王献之等北方名士，也有虞说、魏滂这样的会稽本土南士，但南人总共只有7人，仅占六分之一。因此，与金谷文人一样，兰亭雅集文人也以中原北人为主。

王羲之微醉之中，执笔一气呵成的《兰亭集序》，在形式上深受《金谷诗序》的影响，也是首叙聚会的时间、地点、缘由，继之以对崇山峻岭、茂林修竹的环境描写，再抒发由聚会之乐引发对人生短暂、生死之悲的感慨。所不同的是，王羲之在石崇"感性命之不永，惧凋落之无期"的基础上，进一步展开对修短随化、老之将至的感受，认为老庄等同生死、等同长寿和短命的观点是虚妄不真实的。在玄风兴盛的背景下，王羲之能有如此真率的性情表达，确实能令"后之视今"犹如"今之视昔"。

《兰亭诗集》以四言和五言为主，内容不外乎描写山水和阐发玄理，文学成就并不高。庾友、虞说、庾蕴、孙嗣等人的五言，纯为玄言、不涉雅集的场景，但也有一些通过山水风物来抒情的诗句，将玄泉、丹崖、绿水、林丘、修竹、芳兰、长涧、鱼鸟等作为抒发意象，如王羲之的"虽无丝与竹，玄泉有清声。虽无啸与歌，咏言有馀馨"。这种对山水的关注和欣赏，为日后山水诗的兴起做了铺垫和酝酿。

据《世说新语》记载，王羲之知道别人将《兰亭集序》比作《金谷诗序》，将自己比作石崇后，甚有欣色。但苏东坡就看到了两者不可同日而语，指出金谷之会皆望尘之友，而石崇比起王羲之就像鸱鸢比鸿鹄。这背后的差异就在于兰亭雅集的"雅"：不沾功利，超脱政治，寄情山水，真率性情。这种高洁雅趣的聚会深刻影响了后世文人的审美追求。

"兰亭诗"标志着南渡北人已开始关照山水审美，并从中寄寓和体悟玄理。罗宗强说："山水能够造就山水欣赏者，山水的美能够培养出山水审美情趣"，"中国士人山水审美趣味的基本格调，应该说是在东晋奠定的"①。

除了兰亭雅集中不太知名的南方士人，杨方、虞喜、任旭、罗含、顾恺之等一批优秀的江东名士，也曾与南迁的北人有密切深入的交游来往。双方的交游促进了互相的了解与融合，以至于后来在《世说新语·赏誉》中出现一个现象——孙绰对会稽本土四姓中的翘楚子弟了如指掌，可以随意挑选出来进行赏誉：

> 会稽孔沈、魏顗、虞球、虞存、谢奉，并是四族之俊，于时之杰。孙兴公目之曰："沈为孔家金，顗为魏家玉，虞为长、琳宗，谢为弘道伏。"

由此可见，孙绰必定与他们有比较亲密的往来交游，才能如此熟悉四姓子弟各个人的才能状况。

南北文人的融合，与双方政治地位的不对等、经济和赋税利益的冲突、文化上的优劣感、双方军事力量对比的消长等众多因素息息相关，但最直接的融合力量却是后代的繁衍与南北杂居交流，一方面淡化对北方中原的记忆，另一方面努力培养与南方文化和南方士族的亲密联系。

二、东部兰亭诗人与西部荆楚文人的互动及影响

东、西部区分的地理概念，在东晋当时就已存在。王述《与庾冰笺》："若移乐乡，远在西陲，一朝江渚有虞，不相接救。"苏峻、祖约

---

① 罗宗强. 魏晋南北朝文学思想史［M］. 北京：中华书局，2006：99.

举兵造反，庾亮却仍写信拒绝温峤领兵前来护卫："吾忧西陲（陶侃时任荆州刺史）过于历阳，足下无过雷池一步也。"可见"西陲"称呼的普遍，但在谈及去往建康、会稽等地时，东晋文人又总是称"东土""东归"。

在永和九年（353）东部的兰亭雅集进行时，此时正好是桓温首次北伐前一年。从东晋永和元年（345）桓温任荆州刺史驻守江陵开始，江陵成为东晋中期与会稽并存的另一大文学中心，直至兴宁三年（365）桓温从荆州移镇姑孰。在这20年间，桓温吸纳、征召了许多文人进入自己的荆州幕府，为东、西部文人的密切交游提供了重要场所与契机。

桓温早在任荆州刺史的前期，就讨灭成汉政权、数次北伐大捷，渐成强藩重臣，直至手握废立帝王的大权。身为晋室驸马与权臣，桓温交游非常广泛，与东部的清谈名士刘惔、殷浩、王羲之等人都有现实或书信的来往。同时，爱好文学的本性促使其吸纳了罗含、孙盛、习凿齿等诸多寒门文人。后期还利用自身权势强行征辟了谢安、王坦之等东部名流，迫使他们西游、出仕荆州。在这期间，东部的高门世族与罗含、袁宏、习凿齿等西部荆楚寒士在同一幕府中频繁交流互动，参与桓温举办的各种宴饮集会。

桓温幕府聚集了当时东、西两边有名望的文人，上到王、谢、顾等门阀世族，下到罗含、袁宏、伏滔等寒门庶士，囊括时贤。其中，"倚马千言"、颇受桓温青睐的袁宏，在桓温去世后，选择了向东迁徙，出任东阳太守并卒于任上。另一位幕府文人孟嘉（陶潜外祖父），因曾仕奉的谢永去世，专门东奔江南吊丧，期间结识诗人许询，连宿两晚，结为知己。伏滔结束西部幕府生涯，东迁出仕建康、游览姑苏，才有地理环境可供其创作《望涛赋》《登故台诗序》等描绘东部自然的作品。

东部兰亭诗人与西部荆楚文人的互动，产生最大的影响就是"西文东传"与东部开始盛行山水文学体裁。

西部山水文学的创作可以追溯到战国时荆楚的屈原，《远游》《涉江》《山鬼》《湘夫人》等作品，多伴有诗人登山游水的现实活动或浪漫奇幻的想象。山水意象是屈原抒发自己个人情怀与政治抱负的重要途径。钱钟书先生指出，《楚辞》改变了《诗经》有"物色"而无景色的局面："开后世诗文写景法门""《三百篇》涉笔所及，止乎一草、一木、一水、一石……《楚辞》始解以数物合布局面，类画家所谓结构、位置者，更上一关，由状物而写景。"

此后，屈原弟子宋玉所作的《高唐赋》，更是较早描绘巫山山水风物的赋作之一，各种山峰、险流、森林、云雨景观，具有三峡地区鲜明的地域特点。并且，后世文学中的游仙、山水、纪行、秋思、人神恋等许多山水相关题材都由以屈宋为代表的南方楚辞作家所开创。鲁迅甚至称赞屈原对后世中国文学的影响超过了《诗经》："其影响后来之文章，乃甚或在三百篇以上。"①及至汉代，"五大赋家"中，司马相如、杨雄、王褒都出身于今属四川的楚国故地，他们利用铺张扬厉的大赋描写云梦泽、楚国或汉室山川的广大、丰饶与瑰丽。他们在赋中铺排山水风貌的写作对后世影响深远，尤其是宏大的时空结构、生动的拟声绘形、并列的重叠往复等手法。

及至东晋，学界普遍认为它是中国山水诗文的形成期。范文澜提出"写山水之诗，起自东晋初庾阐诸人"②，庾阐是东晋中前期的南渡北人，被誉为东晋山水诗鼻祖，主要因为其创作了类似郭璞风格的十首《游仙诗》。庾阐本人自东仕西，曾任零陵（湖南永州）太守，在西部期间有《登楚山诗》《衡山诗》《吊贾谊诗》等绘景抒怀之作。

与庾阐同一时期，西部本土还有被誉为"湘中琳琅、江左之秀"的罗含，也是东晋山水散文的重要先驱。虽同属于西部文人，但不同于常璩的《华阳国志》、习凿齿的《襄阳耆老记》对地形、人物和历史事件的关注，罗含的《湘中记》特别钟情于对山川河流风貌的刻画，并因此呈现出比其他地记作品更浓厚的文学色彩与个人情感。

罗含在任桓温掾属及宜都太守时，一直嗜好游山玩水，行遍湘中并作记。《湘中记》成为记录湖南地区山川、风俗、特产等内容的首部地记。在模山范水时，罗含注意充分调动人体视觉、听觉、触觉等方面的官能感受。比如对艳丽色彩在强烈对比下的描写：

湘水至清，虽深五六丈，见底了然。其石子如樗蒲，五色鲜明，白

---

① 鲁迅.汉文学史纲要［M］.北京：人民文学出版社，2011.
② 范文澜.文心雕龙注［M］.北京：人民文学出版社，2006.

沙如霜雪，赤岸若朝霞。绿竹生焉，上叶甚密，下疏寥，常如有风气。

　　澄清透明的湘水、红色的岸边、橙黄的朝霞、白色的沙子、绿色的竹子，罗含在描绘和比拟风物时，犹如在创作一幅彩色的水墨画，色彩高度的对比、映衬，景色夺人眼球。在运用听觉时，又有"衡山有悬泉滴沥，声泠泠如弦"，将泉水淅淅沥沥的滴落比拟成乐器的弦音，实为贴切的类比联想。"白沙如霜雪，赤岸若朝霞。绿竹生焉"，罗含在行文中注意韵散的结合、场景氛围的营造，无不体现出对自然山水敏锐的感受、高明创新的表现手法。

　　罗含《湘中记》被誉为中国山水散文创作的先驱，文中对湖湘山河风貌的描写，生动形象、特色鲜明，充分调动感官体验，影响了后来晋宋间袁山松《宜都记》、盛弘之《荆州记》等其他地记作品对山水的刻画。

　　此外，生卒不详、约太元十一年（386）前后在世的湛方生，也是东晋后期重要的西部山水诗人，他较早开始直接创作朴素简雅的山水诗歌，其《天晴诗》《秋夜诗》《还都帆诗》等作品，绘景细致逼真，在融情入境的手法上表现得清新自然，富有感染力。徐公持在《魏晋文学史》中对其评价颇高："（东晋后期）文坛本颇落寞，幸有湛方生出，涵咏山水，描写景物，为末世文坛生色不少。其诗玄言成分已明显减少，显示玄言高潮之衰退。而其山水景物内容，实开谢灵运山水诗先河。"[①]

第四节　会稽文学中心的主题：玄言与山水文学

　　会稽文学中心的风格有任真、唯美与深情等多面。会稽在南北融合、东西互动的版图迁移基础上，其文学创作产生了一些重要新变：题材从名士的玄言诗转向山水诗，追求"立象尽意""山水以形媚道"；描摹景色的手法从写物到感物；诗歌中听觉、嗅觉、触觉等感受描写增多，因为江南秀丽的山水与愉悦审美取向使北人的感官声色大开；南渡文人开始拟民间乐府，创作情感细腻、缠绵的儿女文学。

---

① 徐公持.魏晋文学史［M］.北京：人民文学出版社，1999：446.

一、南渡玄风、西部摹景东传与会稽山水文学

王阳明在《传习录》中说:"你未看此花时,此花与汝心同归于寂;你来看此花时,则此花颜色一时明白起来。"江南山水也是如此,在东晋之前虽然也一直存在,但直到东晋,才被南渡北人所发现。张伟然认为影响文人文化地域感知的因素有以下:山川植被景观、动物种群、风俗习气、饮食习惯、地域方言、对照的本体。①

对于吴越本土士人,尤其是他们的先祖而言,因为长期与洪水和猛兽抗争,江南的荒山野水偏向为一种凶残的记忆形象。而从北方平原南下的移民,才终于首次发现了江南山水独特的美丽与宜居。江南水域广泛,水路四通八达;从北方一望无际的平原到南方山林盆地湖泊等多种地貌;江南的水色清澈发绿;江南气候温暖湿润,草木植被生长繁茂,一年四季都显得郁郁葱葱、生机勃勃。因此,在江南庄园经济的支撑下,南渡北人开始追求纵情山水、玄谈理趣的闲适生活。

玄言诗是魏晋玄学与清谈之风盛行后的产物,名士崇尚清谈,追求将玄理与山水的互相寄寓。玄言诗的代表人物,正是这一时期久居会稽的孙绰和许询。他们的玄言诗中大多运用"仰观俯察"的空间视角和"寓目于心"的艺术结构,虽然枯燥寡淡,但已经开始蕴含山水诗的写景成分。

尤其是孙绰,他本人也是玄言诗转向山水诗文创作的重要人物。他自称为掷地金声的《天台山赋》,工丽清新、气韵生动,在景物描绘上屡出佳句:"赤城霞起而建标,瀑布飞流以界道","双阙云竦以夹路,琼台中天而悬居。朱阙玲珑于林间,玉堂阴映于高隅"等,深具情韵与感染力。

会稽佳山水对北方文人有感官上的审美刺激,在描绘景色时受到西部写景手法的影响,尤其是游仙类、描绘三峡类的诗文作品。从写物到感物,诗歌中听觉、嗅觉、触觉等感受描写增多。比如孙绰的《秋日》:"疏林积凉风,虚岫结凝霄。湛露洒庭林,密叶辞荣条",写景之所以生动,是因为诗人调动了对凉风、密叶、荣条等风物的生理感受,且用

---

① 张伟然.中古文学的地理意象[M].北京:中华书局,2014:127-135.

"洒""辞"等拟人化的动词来以动衬静。

会稽的山水文学崇尚对北方南渡玄学的承载与表现:"山水以形媚道""立象尽意",这也就是为何后来谢灵运的山水诗总被诟病拖着一个玄言的尾巴。会稽文人用自己的心灵来映射山川河流,表现自己主观的生命与客观的自然和谐交融,追求一种玄远、冲淡而又平和的意境。兼具"深情"与"美景"的抒发,使"山水"成了文人、画家、雕塑家等人的表达媒介,山水及其意境成为后世中国文学艺术界重要的表达、创作对象。正如董其昌所言:"大抵诗以山川为境,山川亦以诗为境。"①

"山阴道上桂花初,王谢风流满晋书"②。江南的美景,配上南渡高门世族深厚的家学、玄学修养,促成了东晋文学艺术在会稽产生的一个发展高峰。会稽士人多才艺,除了最常见的文人身份,常常还有棋手、书法家、画家、音乐家、雕塑家、舞蹈家等其他身份,跨界"融会贯通"。但玄学的审美观照、对意境和心境的追求,则是他们繁荣各类文艺创作的根基。

江南文学的形成,尤其是南朝的山水文学,最终还是依靠"北人南化"才得以推动和兴盛,南迁北人的数量和文学素养都很丰厚,才能在南方形成一种后来江南文学的审美风格、韵味与意境。

二、南方吴越本土缠绵细腻的审美传统

据《吕氏春秋》载,早在春秋末、吴越争霸时期,就有越王勾践好"野音"的记载:"客有以吹籁见越王者,羽、角、宫、徵、商不谬,越王不善,为野音而反善之。""野音"是指越族本土的特色音乐,而吴越本土流行的是缠绵悱恻的抒情音乐,带有通俗娱乐的审美取向,不同于中原周王室推崇的端庄雅乐。

春秋时的吴越地区,鬼神信仰盛行,也遗留有对鱼和鸟的远古图腾崇拜。而鱼和飞鸟的意象,此后吴越文学中经常出现,较早的如《吴越春秋》中勾践夫人离越入吴为人质时在江边的悲歌。江南拥有山水秀丽

---

① 董其昌.画禅室随笔[M].南京:江苏教育出版社,2005.
② 羊士谔.忆江南旧游二首[M]//彭定求,等.全唐诗.北京:中华书局,1960.

的风光,"野夫游女、信口讴吟"的民间风俗及缠绵悱恻、细腻动人的诗歌传统,自然也是民间情歌最易酝酿的地域。

东晋会稽本土诗人杨方的《合欢诗五首》,风格迥异于当时南渡北人主流的玄言诗、颂德诗、酬唱诗等,其中一首模拟一位新妇口吻,抒写了对长相厮守、缠绵相伴的合欢生活的美好期盼:

> 磁石引长针,阳燧下炎烟。宫商声相和,心同自相亲。我情与子合,亦如影追身。寝共织成被,絮用同功绵。暑摇比翼扇,寒坐并肩毡。子笑我必哂,子戚我无欢。来与子共迹,去与子同尘。齐彼蛩蛩兽,举动不相捐。惟愿长无别,合形作一身。生有同室好,死成并棺民。徐氏自言至,我情不可陈。(选自《先秦汉魏晋南北朝诗》)

《乐府诗集》载,同为南士的吴兴沈充,也作有细腻深情的《前溪曲》,与杨方一样用模拟女子的口吻,来抒发对忠贞爱情的渴望:"莫作流水心,引新多舍故""黄瓜被山侧,春风感郎情""黄瓜是小草,春风何足叹,忆汝涕交零""花流逐水去,何当顺流还,还亦复不鲜""宁断娇儿乳,不断郎殷勤。"也表达了离别独居后的孤寂与对未来的忧虑,读来情意真挚而富有画面感。

《太平御览》载,周处在《风土记》中总结越地的习俗:"越俗性率朴,意亲好合。"因此,吴越故地盛行的民间乐府"吴歌",也有追求欢愉的审美取向,甚至有"长乐佳"(长久欢乐佳合)这种吴声歌名。

这些以享乐、愉悦为导向的审美,也影响了南渡北人的创作。李充的《嘲友人》:

> 同好齐欢爱,缠绵一何深。子既识我情,我亦知子心。燕婉历年岁,和乐如瑟琴。良辰不俱我,中阔似商参。尔隔北山阳,我分南川阴。嘉会罔克从,积思安可任。目想妍丽姿,耳存清媚音。修昼兴永念,遥夜独悲吟。逝将寻行役,言别泣沾襟。愿尔降玉趾,一顾重千金。

虽然是赠送好友之作，但充满了男女之间的情愫与不舍，"同好齐欢爱，缠绵一何深""目想妍丽姿，耳存清媚音"等句，则有明显借鉴、化用民间乐府的痕迹。吴歌作品充满对日常生活、琐碎细节、家庭感受等方面的叙写，这在把诗歌作用视为"言志"的北方非常少见。曹毗的《咏冬诗》《夜听捣衣诗》等作品，记叙自己在冬夜的活动、听捣衣声的联想等细节，也是受南方民间乐府的影响。

南方细腻的文学手法不仅体现在写景，同样也应用在记叙与抒情上。江南民间乐府中儿女文学的题材，还催生了艳情小说的发展。

南方愉悦、享乐的审美偏好，改变了南渡北人此前只重经史创作的取向。文人开始创作人神恋、人鬼恋等题材，挣脱礼教束缚、卸下道德的规范与责任的包袱，在文学虚境中做出弥补现实缺憾的心理补偿。

人神恋、人鬼恋其实也是南方传统的题材，屈原的《山鬼》、宋玉的《高唐赋》和《神女赋》都是此类题材的滥觞。挂名陶渊明的《搜神后记》，其中著名的有《白水素女》《李仲文女》《徐玄方女》等幻恋故事。人神恋、人鬼恋的续写，在东晋有走向艳俗化的描写倾向。

东晋这类志怪小说也深受门阀制度、社会阶层的影响，创作者多为中下层的士族，他们在仕途上受到不公平待遇，虽然有对高官厚禄、高门女子的渴慕，在现实中却无法实现，只能利用文学创作或阅读进行自我的心理补偿。寒门庶族文人在婚、宦两种途径上被压制的焦虑，是虚幻恋情类小说存在的现实基础。正如厨川白村在《苦闷的象征》中的说法："生命力受压抑而生的苦闷懊恼乃是文艺的根底。"鲁迅则在《中国小说史略》中进一步敏锐地指出："（小说）若为赏心而作，则实萌芽于魏而盛大于晋。"小说赏心娱乐、补偿现实的功用的确在东晋的江南开始得到发掘。

三、南渡北人对江南民间乐府的吸收

《晋书·乐志》记载："吴歌杂曲，并出江南。东晋以来，稍有增广。"《乐府诗集》则称吴歌西曲"其始皆徒歌，既而被之管弦。盖自永嘉渡江之后，下及梁、陈，咸都建业，吴声歌曲起于此也"。吴歌现存326首，西曲现存142首，它们基本上在城市市井间流行，是典型的市民通俗文

学，因此难免颇多艳情之作。因为歌词配唱管弦，随着歌曲流行而广泛传播，中下层士人都得以接触此类作品。虽然目前传世、可见的吴歌西曲多为东晋之后南朝的作品，但东晋时期的江左民间乐府已经颇为盛行。江南吴声歌中《子夜歌》《子夜四时歌》《懊侬歌》《华山畿》等作品，在东晋当时就已非常知名。如《子夜歌》："怜欢好情怀，移居作乡里。桐树生门前，出入见梧子。""梧子"与"吾子"谐音，是民间乐府中常用的双关手法。又如《子夜四时歌》："秋夜凉风起，天高星月明。兰房竞妆饰，绮帐待双情。""绮帐待双情"一语，虽点到即止，但已引人遐想，多数的吴声歌都是如此大胆、奔放，执着地追求婚恋的忠贞与幸福。

南渡北人在东晋中期，开始吸收、模拟江南民间乐府进行创作。王献之作有《桃叶歌》："桃叶复桃叶，桃树连桃根。相怜两乐事，独使我殷勤。桃叶复桃叶，渡江不明楫。但渡无所苦，我自来迎接。桃叶复桃叶，渡江不待橹。风波了无常，没命江南渡。"桃叶，是王献之爱妾之名，后用来借指所爱恋的女子。王献之在诗中充满了对爱妾的怜惜与宠溺。号为"一代文宗"的孙绰，拟写了更为青涩、缠绵的《情人碧玉歌》，歌中以女子口吻描写处女第一次情爱缱绻的性行为，及女子欢悦后娇羞的情状：

> 碧玉破瓜时，郎为情颠倒。芙蓉陵霜荣，秋容故尚好。碧玉小家女，不敢攀贵德。感郎千金意，惭无倾城色。碧玉小家女，不敢贵德攀。感郎意气重，遂得结金兰。碧玉破瓜时，相为情颠倒。感郎不羞郎，回身就郎抱。

读着这样娇羞可爱、两情相悦的诗句，富有情趣的感染力，其中"碧玉小家女"一句流传甚广，催生了新的常用成语——"小家碧玉"。胡适在《白话文学史》中说："江南新民族本有的吴语文学，……，南方民族的文学的特别色彩是恋爱，是缠绵宛转的恋爱。"①因此，相对于北方的"英雄文学"，胡适把江南本土的文学称为"儿女文学"。

---

① 胡适.白话文学史［M］.北京：北京大学出版社，2014：76.

可以看出，乐府民歌因文人拟作而进入精加工的创作。文人的模拟和改造，直接导致的就是结构的对仗与语言的雅化。民间文学为文人创作提供了丰富的素材、曲调，《全晋诗》中杂歌谣曲、越谣歌、荆楚谣、吴中童谣大量存在，但文人的精细改造，又容易导致活泼生动、自然奔放的民歌本色被淡化。因此，题材与语言技巧之间，需要平衡处理才能得到好的文人拟作。"吴歌"身为民间俗文学，情真意切、清新自然的特点，让文人的拟乐府成为东晋玄言诗、山水诗之外的一大诗歌主题。悱恻、绮丽、温婉的风格，也别具江南特色。萧涤非在《汉魏六朝乐府文学史》中也高度评价了民间乐府对中国文学发展的作用："（民间乐府）其文学价值之高以及对于后世影响之大，皆足以追配《诗经》《楚辞》鼎足而三。"①

四、会稽文学中心的深远影响

会稽是东晋持续时间最长、最重要的一处文学中心。它对后世江南文学外在写景、内在抒情的两大主流题材产生了深远的影响。南渡玄风、西部摹景东传与会稽风光熔铸的江南山水文学，南方吴越本土缠绵细腻的审美传统，加上东晋的南北融合与东西互动促成的交融发展，共同塑造了江南文学的源头。

会稽文学中心的创作对后世江南文学的影响有以下几个方面：

（1）受"西风东渐"的影响，诗歌题材从玄言诗开始向山水诗的转变。这种转变，始于兰亭雅集文人的创作，以孙绰、王羲之为代表，此后是积极改变诗风的殷仲文、谢混，他们都是推进山水诗创作的重要诗人。罗含、李充、孟嘉、伏滔、袁宏、湛方生、宗炳等西部文人，都曾有向东迁移、与东部文人交游的经历。而东部的兰亭雅集文人中，谢安、王徽之等人也曾有游历、出仕西部荆州的经历，受到当地西部盛行的山水文学创作的影响。虽然东晋会稽文人在创作目的上仍秉持"立象尽意""山水以形媚道"的追求，但在模山范水的手法上，则吸收了西部山水文学在感官声色等体验方面的运用，更显清奇、夸张与浪漫。从玄言

---

① 萧涤非.汉魏六朝乐府文学史［M］.北京：人民文学出版社，1984.

诗到山水诗的转变过程十分漫长，直至刘宋时期的谢灵运，才正式用山水诗取代了淡乎寡味的玄言诗。

（2）会稽文人对诗文题材范围的大幅开拓：日常生活细节、亲子关系等个人私情领域都开始进入诗歌内容之中。诗歌从政治附庸、教化功能中脱胎出来，开始重视个人内心真实体验的抒发。比如会稽本土文人杨方的《合欢诗五首》，南渡侨居会稽的孙绰的《碧玉情人歌》、王献之的《桃叶歌》，把以前不受士人重视的儿女题材引入诗歌中；比如王羲之在杂帖与家书中，对日常饮食、病患、娱乐活动的详细记叙与描写；又如游览大自然所作的山川赋、纪行诗，虽然汉魏时期都曾有出现，但东晋中后期的会稽地区，在数量上显著增多。这些题材的转变，也凸显了文人对内心感受、个人情感体验的日益重视，私人的生活领域相比此前政治、家国的传统内容，更多地得到文人创作的关注与挖掘。

（3）南方秀丽的山水、追求愉悦享乐的审美取向、艳情的民间儿女题材，都催生了一批艳情风格的诗歌与小说。前者的轻绮奔放成为后来南朝宫体诗的源头——"宫体之名，虽始于梁，然侧艳之辞，起源自昔。晋宋乐府如《桃叶歌》《碧玉歌》《白纻歌》《白铜鞮歌》，均以淫艳哀音，被于江左，迄于萧齐，流风益盛。"①；而后者的人神、人鬼幻恋小说则影响了此后南朝志怪小说的风格。东晋小说的功能也同时得到了新的拓展——从"街谈巷语""观民之好恶""发明神道之不诬"到"为赏心而作"。

总之，会稽文学中心创作主要围绕山水文学与儿女文学，前者以山水诗、山水赋为主要文体，后者以艳情诗与幻恋小说为主要载体。前者讲求"唯美"与"玄远意境"，后者追求"深情"与"审美愉悦"，它们共同塑造了后世江南文学的两大传统特征。

---

① 刘师培.中国中古文学史讲义［M］.上海：上海古籍出版社，2000.

第五章 东晋中期江陵文学中心

江陵文学中心的创作文人主要由权臣桓温的幕府掾属文人构成,繁荣时间也集中在桓温身为荆州刺史、镇守江陵的20年间。江陵文学中心的应制作品数量众多,但"嗟时"是幕府中高门世族和寒门庶族共同的一个创作主题。江陵文学中心因为特殊的军事、政治地位,吸引了东部建康、会稽的众多文人西游,为东晋东、西部文人的双向交游与互动提供了重要平台。

第一节 西陲江陵文学中心的形成

江陵的前身为楚国国都"郢",从汉朝起,江陵城即长期作为荆州的治所,故又被称为"荆州(城)"。不同于会稽是东晋赋税食粮重要的来源地、国家经济的重心,荆州是军事上兵家必争的要塞。扼守荆州可以掌握长江上游的形势,对中下游的江州、建康等地形成进攻优势,此前西晋灭亡孙吴即借长江上游顺流而下进行攻击,结果势如破竹。此外,荆州当时与广陵、京口等地一样,是南北政权对峙的前线地区。因此,荆州及其三处核心地区江陵、襄阳、武昌,对东晋的军事安全意义重大。

从第一章第二节《东晋文人考录与地理分布特点》的数据可见,尽管从籍贯地理的分布来看,江陵文学中心所在的荆州地区并不起眼,本土出生的文学家为数不多，仅仅只有9人——相比东晋扬州24位本土籍贯文人，文学影响力也不显著，但由于荆州在东晋军事、经济上"半壁江山"的特殊地位，以及以强势藩镇为中心的幕府文人群体的聚集，极大弥补了西部本土文学薄弱的固有缺陷，并通过有效整合荆州境内外文学资源而使西部江陵亚文学中心快速崛起。

一、"荆扬之争"与荆州西部中心地位的凸显

东晋时期的所谓"荆扬之争"，即是指以荆州为主的藩镇和以扬州为主的中央之间围绕军政权力展开的激烈斗争。"江左大镇，莫过荆扬"，诚如《晋书·明帝纪》卷末所云："维扬作寓，凭带洪流，楚江恒战，方城对敌，不得不推陈将相，以总戎麾。"故西部荆州的特殊重要性首先体现在军事上，永和五年（349）后赵皇帝石虎去世，桓温想趁乱北伐，立刻上疏朝廷，但未被许可。两年后桓温再次"拜表辄行"，率五万大军顺流直下，快速到达武昌。朝廷为此惊恐不已，当权的殷浩也准备归隐避让。荆州的地理优势与军事实力是东部朝廷所深深忌惮的。又如托孤重臣何充在考虑任命桓温为荆州刺史时，曾慎重地对同僚分析："荆楚，国之西门，户口百万。北带强胡，西邻近蜀，地势险阻，周旋万里。得人则中原可定，失人则社稷可忧，岂可以白面少年当之哉？桓温英略过人，有文武器干。西夏之任，无出温者。"

另外，荆州地区的商业也非常发达，地处长江水运枢纽之便，益州、荆州、扬州之间的物品流通必经此地，使荆州成为一个相对独立的经济重镇，西晋时的石崇即靠在荆州打劫商人而成巨富。

"荆扬相衡，则天下平"，谢安主导的淝水之战之所以取得胜利，也与荆、扬势力双方妥协、一致对外御敌有关。但反过来，荆、扬之争如果尖锐，东部朝廷就会陷入衰弱。比如桓温担任荆州刺史的后期，除了占据荆州，还统领另外七八州的军事指挥权，几乎掌握了东晋一半以上的江山势力，"统辖州郡，贡赋入己，将相官吏多出其门"，所以当时朝廷本来由全国收取的赋税只能集中依靠三吴地区缴纳，于是，沉重的赋税促使扬州治下的会稽郡爆发了孙恩、卢循起义，杀戮了不少王、谢等

世族子弟，沉重打击了扬州的门阀贵族的势力。

田余庆认为，东晋政权倚靠门阀世族和边陲守将才得以建立："士族执政，皇帝垂拱，流民出力""方伯之重，莫重荆、徐，荆州西国门，刺史常七八州，事力雄强，分天下半。"纵观东晋一代，刺荆州者共21人，除了东晋末年刘裕崛起、以北府军子弟镇荆州外，其余的荆州刺史几乎都是出自门阀世族。南朝刘宋的何尚之更是直言："荆、扬二州，户口半天下，江左以来，扬州根本，委荆州以阃外"。

荆扬之争，表面上是中央与地方之争、上游与下游之争，背后主因还是上游的门阀权臣想一家独大、问鼎朝廷。

王敦、陶侃、桓温等权臣都曾镇守长江上游的荆州，但只有桓温驻守荆州时，形成了一个幕僚性质的文学集团和文学中心，因为他担任荆州刺史长达30年、驻守在江陵的时间也有20年，并且他还有对文学的个人偏好。江陵文学中心形成于会稽文学中心之后、消散于会稽文学中心之前，与其并存过20年之久。

幕府文人集团形成的文学中心，倚靠的是核心人物的权势及其个人的文学爱好，通常会因权臣的移镇、失势、去世等原因"树倒猢狲散"，所以桓温的文学集团"其兴也勃焉，其亡也忽焉"。

值得一提的是，桓温在后期虽怀有不臣之心、移鼎之盼，但始终未与之前的王敦那样发动公然叛乱，在挑战君权上止步于废帝重立的形式，形成《晋书·孝武帝纪》所载的政治格局——"政由桓氏，祭则寡人"。因此，桓温幕府集团的文人也避免了王敦去世后其属官佐僚受到朝廷清算、禁锢的下场，他们中的不少人在桓温去世后都得以迁移到东部继续出仕。

二、桓温对会稽、建康著名文人的强行征召

桓温通过伐蜀消灭成汉政权和两次成功的北伐，积累了极高的政治声望与地位。他经营荆州时，与晋廷虽名为君臣，实际上与之前的荆州刺史王敦一样，在荆州自行其是，同时渐露不臣之心。朝廷对桓温也不能自由地征调，只能"但求羁縻而已"。桓温平蜀后，又增加督导交、广二州的军事，所督荆、司、雍、益、梁、宁、交、广八州，"八州士众资

调,殆不为国家用"。

桓温和之前的王敦虽然都曾任荆州刺史、手握重权,但王敦镇守的是武昌,桓温镇守的是荆州江陵。桓温从345年出任荆州刺史开始,到365年移镇姑孰①,其附属的荆州幕府文人集团持续存在了20年之久,网罗了当时众多的优秀士族文人:一类如王珣、王坦之、谢安等上层士族,另一类如颇具谋略、备受倚重的周楚、袁乔、郗超等中层士族,还有一类是罗含、习凿齿等来自荆襄本土的文人。

江陵文学中心与会稽关系密切,两地共享了顾恺之、孙盛、谢安、郗超等一大批优秀文人。这主要因为桓温虽以武功建勋,但十分重视对文学、玄学的修养,其个人在诗文创作和评点上也颇具造诣,事例如下:

桓公北征,经金城,前为琅邪王时种柳,皆已十围,慨然曰:"木犹如此,人何以堪?"(选自《世说新语》)

桓宣武命袁彦伯作《北征赋》,既成,公与时贤共看,咸嗟叹之。时王珣在坐,云:"恨少一句。得写字足韵,当佳。"袁即于坐揽笔益云:"感不绝于余心,溯流风而独写。"公谓王曰:"当今不得不以此事推袁。"(选自《世说新语》)

殷中军为庾公长史,下都,王丞相为之集,桓公、王长史、王蓝田、谢镇西并在。丞相自起解帐带麈尾,语殷曰:"身今日当与君共谈析理。"既共清言,遂达三更。……明旦,桓宣武语人曰:"昨夜听殷、王清言,甚佳,仁祖亦不寂寞,我亦时复造心;顾看两王掾,辄翼如生母狗馨。"(选自《世说新语》)

桓温二度北伐时,路过金城,见自己任琅邪内史时栽的柳树已经非常粗壮,于是手攀柳枝、感慨落泪道:"木犹如此,人何以堪!"金城泣柳即显现出他细腻、感性的一面。后来,庾信在思乡的《枯树赋》中就直接化用了桓温树人对比、感伤流逝的语句。此外,桓温与群僚共赏袁

---

① 由于桓温从345年至373年去世,期间一直担任荆州刺史,因此荆州幕府文学存在的持续时间容易被计算为28年。但据《晋书》,考察桓温本人具体的流动轨迹,就可知其364年率军前往合肥,而365年为了"问鼎之心"而正式移驻到更靠近建康的姑孰(今安徽当涂县)。

宏的《北征赋》，在旁听殷浩、王导的彻夜"清言"中时有心得，都能体现他在文学上的修养与兴趣。在盛行玄言清谈的背景下，桓温还有"既不能流芳百世，不足复遗臭万载耶""既为忠臣，不得为孝子""我若不为此，卿辈那得坐谈"等众多名句奇言传世。

正因为桓温本人爱好文学、礼贤下士，幕僚之中网罗了当时主要的文人。唐代余知古的《渚宫旧事》载录了其中最知名的幕僚："温在镇三十年，参佐习凿齿、袁宏、谢安、王坦之、孙盛、孟嘉、罗友、郗超、伏滔、谢奕、顾恺之、王子猷、谢玄、罗含、范汪、郝隆、车胤、韩康等，皆海内奇士，伏其知人。"①同时，桓温还积极地寻访隐逸名士，据《晋书·隐逸列传》所载，他曾任用、拜访过孟陋、谯秀、瞿硎、车胤、习凿齿等隐逸文人。桓温幕府的另一大来源，就是战胜后的人才收拢，比如平蜀之后将成汉的文臣王誓、邓定、常璩、王瑜等人辟为掾属。

在这些幕僚中，郗超从十几岁就进入桓温幕府，一直是备受桓温宠信的主要谋士。王珣、王徽之、王坦之、谢玄、谢安等人身为顶级门阀的代表人物，即使有傲慢的习性也多被包容，备受桓温的礼遇。南士顾恺之则因为擅长绘画，经常被请去讨论书画，"甚见亲昵"，以至于桓温病逝后，顾恺之作诗祭奠："山崩溟海竭，鱼鸟将何依？"将桓温比作可以依靠的高山大海，充满怀念感激之情。但也有一些东部文人没有如此幸运，他们是被迫接受桓温的征召。

桓温对有些文士的强行征召，是沿袭了前任荆州刺史王敦的做法——陆玩是江南本土的代表世族，本来是丞相司马睿的掾属，却被王敦以军令限期逼迫、强行辟用为自己的长史。谢安出身琅琊谢氏、高门望族，早年隐居东山不出，桓温多次征召，谢安终于西游出仕。但王坦之、谢安、谢玄等高门世族，即使迫于桓温权势被强行召为掾属，但那也只是作为起家官职，很快就能升迁回到建康的朝廷。

---

① 余知古.渚宫旧事［M］.武汉：湖北人民出版社，1999.

第二节　东、西部文学中心的鲜明差异

在学界普遍关注和重视东晋时期北人南迁的情况下，东西部之间的差异却一直受到不同程度的忽略。审视一下东晋的政权范围，可以发现长江中游的荆州和下游的扬州，分别占据了东晋军事、经济上的半壁江山。所以，有关东晋版图内"东–西"范围区分与文人互动的探讨显得尤为重要。

一、地域文化差异：荆楚故地与吴越故地

伴随着整个东晋政权，始终存在权臣与皇室之间的"荆扬之争"[①]。在具体的地理划分上，东、西部的中间地带是江州地区，属江州重镇的寻阳更是东西部地理上的中间点。江州地区曾属于西部荆州，为了缓冲荆扬之间的矛盾对抗，才被划分独立出来，它也是东晋士人在东、西部间流动的必经之地。据《晋书》多处所载，东晋文人也将江州上游称为"西土""西陲"，而将前往江州下游的会稽、建康等地称为"东下""东归"，可见，东、西部的地理概念与划分早在东晋时就已存在。

显然，东部属于吴越文化的故地，西部属于荆楚文化的故地。虽然楚文化一度曾统一覆盖江南，楚、越文化相比南、北文化的差异更小，但两地在地域习俗、风土人情、审美习性等方面仍存在区别。笼统来说，虽然两地都盛行巫风与鬼神信仰，但西部文学更具奇诡富丽的浪漫想象，而东部吴越的审美则从勾践时代起就更重缠绵悱恻与世俗享乐。在民间乐府中，东部的吴歌与西部的西曲也存在差异，尤其是题材的宽泛程度与审美差异。

二、政治局势对立：荆扬之间中央与强藩的斗争

东晋整个朝代，贯穿了地域上东、西部之间的"荆扬之争"。南宋洪迈在《容斋随笔》中指出："方伯之任莫重于荆徐，荆州为国西门，刺史

[①] 参考陈金凤《从"荆扬之争"到"雍荆之争"——东晋南朝政治军事形势演变略论》对荆扬矛盾的由来、斗争过程，《史学月刊》，2005年第3期，第34~39页。

常督七八州事,力量强,分天下半。"正因荆州的军事地位如此重要,其刺史通常兼领附近数州的军事,成为可以力压扬州的权臣,王敦、桓温、桓玄等人都是如此。他们大多积聚西部势力、权欲日盛,最后产生对东部朝廷的问鼎之心。政局东、西间的摇摆,也迫使士族文人在东部皇室朝廷和西部实权重臣之间站队。

自晋元帝司马睿开始,东晋帝王"虽有南面之尊,无总御之实,宰辅执政,政出多门,权去公家,遂成习俗",而压制皇权的门阀世族大多掌管着西部荆州的军事。朝廷也曾试图削弱荆州势力,但一方面门阀贵族附庸的利益集团力量强大,另一方面则因为荆州在南北政权对峙下处于关键的战略地位。东晋政权既要提防西部镇守将领的一家独大、威胁朝廷,又要加强荆州的军事戒备、防止北方外族政权的南侵,这就使得东、西部的荆、扬之争始终难以解决。

三、文人身份差异:西部寒门庶族与东部门阀士族

关于东、西部文人来源与身份的差异,陈寅恪在《晋代人口流动及其影响》中有所讨论:从甘肃、陕西、河南西部一带南渡的文人,本身在西晋朝中的地位便属于中下层,他们就近南渡到长江中上游,尤其是襄阳与江陵(荆州城)两地;而西晋末南渡的王公贵族、高级门阀,则聚居于长江下游的建康及附近州郡,在苏峻之乱后也有部分继续南迁到更安定的会稽郡[①]。

因此,东部的建康、会稽文学中心,聚集了南渡北人的上层士族,以王、谢、桓、庾等门阀世族为代表。江南本土的东部文人则以"朱、张、顾、陆"吴郡四姓与"虞、魏、孔、贺"会稽四姓为典型,他们都拥有自己独立的庄园经济和仕途特权。但西部荆州的文人多为桓温的幕府掾属,属于寒门庶族:如罗含、袁宏、孙盛、伏滔等,习凿齿虽为荆楚豪族,但在政治地位上仍受出身歧视。他们需要通过举孝廉、策秀才、求举荐等途径进入仕途,并且多处于司马、参军、内史、主簿等掾属职位,终其一生很难升迁。所以,罗含作《湘中记》、习凿齿作《襄阳耆旧

---

① 陈寅恪.魏晋南北朝史讲演录[M].贵阳:贵州人民出版社,2012:106~115.

记》、孙盛作《晋阳秋》等记录荆楚方志、轶事、私史的作品，不同于东部文坛盛行的玄风，西部的寒门文人偏好写实的题材、倾向于多元实用的创作取向：幕府应制文学、地理方志文学、私撰史传文学、个人游记纪行等。

因为出身地位、政治特权的差异，在山水文学的创作上，东边的贵族文人偏向于在"欣赏"自然山水中寄情高远、放浪形骸，而西边的庶族文人则能"融入"自然山水中去生活，典型的对比如玄言诗与田园诗。门阀贵族与"自然山水"之间，似乎总是"隔了一层"。

"王家书法谢家诗"，西部的寒门庶族在诗、书上的造诣一般不如东部的高门世族，因为缺乏累代官宦的家族文化底蕴与培养基础。但他们的诗歌中有大量"松萝"的意象反复出现，这正如人神恋题材的小说一样，是文学创作对现实中不如意的一种心理补偿。用缠绕松树而生的松萝、女萝，来比喻君臣之间的攀附关系："女萝亦有托，蔓葛亦有寻。"下层文人多喜欢用"松萝"这种攀附物的意象，来寄托、隐喻自己的政治期望。西晋郭泰机还会在《答傅咸诗》中抱怨："寒女虽妙巧，不得秉杼机。"但到了东晋，寒门庶族的文人已不再自怨自艾、普遍接受了政治现实，并将注意力转移到其他题材的创作——实用性的地方志、私人撰史等。

《华阳国志》作者常璩，因为来自西蜀、战败后才归降东晋，所以被士人看低出身。来源于文化落后的地区易受轻视，这种情况下，寒门文人更容易怀着记录、宣扬自己故土文化的心情从事地方志的撰写。所以在修地方志上，被中原士人轻视的巴蜀、江左寒门文人，都多有从事；而在文化上占有心理优势的北方庶族，则偏好私修国史，仍旧坚持正统的儒家"撰经修史"的价值取向。在乎现实处境的寒士尚在"变相"地用自己个人的方式"抗议"社会的不公待遇。当然，也有一类超越现实的寒士，选择道教、佛教等宗教作为心灵的归宿与解脱途径。这也是僧诗始于东晋的原因之一，东晋现存32首僧诗，僧人作者都是有一定儒学修养的汉人或汉化了的胡人。

正因为自己沉沦下僚，在正统是仕宦途径上无望，所以更能在创作时无拘束地进行个性化的创新尝试。比如陶渊明辞官归隐后，边躬耕边进行吟咏自己乡村生活的创作，开辟了田园诗这一崭新的诗歌类型。

另外值得一提的是，两晋私家史传创作的兴盛，也与著作郎的职位要求有关——两晋实行"著作郎始到职，必撰名臣传一人"的史官制度，而著作郎又多由寒微文人担任，因此也变相激发了寒士们对人物传记的写作热情，由此导致了两晋杂传的大量涌现。虞预、王隐、孙盛、应璩等人都曾私家撰史。

四、文学创作差异：题材与审美

两地因文人身份的差异，导致东边文学中心盛行口头文学的清谈、渗透玄风的玄言诗，门阀子弟的文学创作与传播具有一定的功利性——追求名士身份与积攒朝望，比如谢灵运写完诗作会派专人传送至建康；而西边的幕府文人出身寒门，仕途前景黯淡，故往往转而将精力用于实用性的文学创作，像幕府应制之作、地方方志、私撰史传、宗教文学等多元化的创作题材。

需要注意的是，在东晋中后期，随着政权的相对稳固与移民后代在江南所受的浸染，东部文人及南渡子弟开始吸收民间文学的元素，尤其是吴歌西曲中的艳情题材。王献之的《桃叶歌》、孙绰的《情人碧玉歌》、杨方的《合欢诗》即是这种背景下的典型代表。

西部历来重视对山水文学创作的传承，从战国荆楚时期屈原的《远游》《涉江》《山鬼》《湘夫人》等作品，到此后其弟子宋玉所作的《高唐赋》《神女赋》，都是较早描绘山水风物的作品之一，直接影响了后世文学中的游仙、山水、纪行、秋思、人神恋等相关题材。及至东晋，庾阐、罗含、湛方生等人在西部荆襄地区积极创作山水题材作品。这股文风，随着西部荆州幕府文人与东部会稽文人的交游而东传，促成了东部诗歌从玄言诗到山水诗的转变。

而在民间乐府文学上，东、西部也存在"江南吴歌"与"荆楚西声"的区别。北宋郭茂倩在《乐府诗集·西曲歌》序中说："西曲歌出于荆、郢、樊、邓之间，其声、节、送、和与吴歌亦异，故因其方俗谓之西曲云。"可见，吴歌西曲因为分属东、西两地，在发声、节拍、和音等方面都存在差别。西曲中关于"巴陵""巴东""三峡"的作品，都充满自由奔放、浪漫奇幻的想象，和同一时期吟唱儿女缠绵与哀愁的吴歌相比，西曲的表现内容更加多样。

第三节　江陵与东部会稽、建康文学中心的互动

江陵文学中心的繁盛，源于荆州刺史桓温对文学的爱好及对东西部知名文人的积极征召。尤其是东部有朝望的文人，一部分被桓温权势所吸引，另一部分被强行征召而被迫西游。东、西部文人在桓温的幕府中有了频繁交游的机会与平台。

一、桓温幕府中东、西部文人频繁的双向互动

虽然东、西部存在很多差异，但彼此之间互动频繁。江陵文学中心里，很多幕府文人都曾代表荆州刺史朝使建康，或南下转任广州、交州一带的地方官，或以私人身份去东南会稽拜访旧友。反过来，东部的很多高门子弟，也曾主动或被迫地赴西部荆州任职。

我们必须先考证一下东晋文人东、西向流动的具体状况。根据《晋书》《先秦汉魏晋南北朝诗》《全上古三代三国六朝文》《中国数字方志库》等文献或数据库，东晋有确切姓名留存的文人约142人，其中有籍贯可考、同时又有作品流传的只有111位。这其中，又只有47位有明确可考的东、西向的流动轨迹，但他们涵盖了东晋几乎所有的重要作家，无论门阀士族还是寒门庶族。我们把东、西部文人间双向流动的考察时间和范围扩大，先统计东晋"东部文人西游"与"西部文人东迁"的情况。依据文史材料的记载与对东晋文人迁移轨迹的细致梳理，本书将东、西向的文人流动情况制表（表5–1）。

从人数上看，后者是前者的3倍多，东部文人大批量地向西部流动，这也从侧面衬托出荆州作为东晋西大门、半壁军力及权臣所在的重要地理位置。而且随着"荆扬之争"中西部数次占据上风，文人向西流的人数不断增加、东西互动的频率也越趋提高。伴随权臣与皇室交替胜负的斗争，东晋的士族文人只能随波逐流、顺应时事不断地在东、西部间流

动。终身不仕的隐士文人，如西部江夏的孟陋与东部会稽的戴逵，毕竟是极少数。

表5-1 东游的西部文人与西游的东部文人统计①

迁移轨迹	姓名
从西向东流动的10位文人	罗含、李充、孟嘉、伏滔、袁宏、伏系之、湛方生、慧远、陶潜、宗炳
从东向西流动的37位文人	王隐、郭璞、王敦、应詹、陆玩、干宝、温峤、庾亮、庾冰、庾阐、褚裒、庾翼、谢尚、范汪、袁乔、桓温、孙绰、韩伯、孙盛、谢安、王坦之、桓伊、殷仲堪、郗超、王徽之、顾恺之、王珣、王谧、王忱、袁山松、卞范之、卞承之、殷仲文、孔琳之、刘敬宣、王诞、孔宁子

在这47人中，有2人参加过353年的兰亭雅集即谢安、王徽之，兼具兰亭集会诗人与桓温幕府文人的双重身份（图5-1中以下划线标示），其兰亭诗多用山水来承载内在的玄言；还有不少是西部文人的亲属参与了兰亭雅集，像李充的表兄王羲之、桓温的第五子桓伟、郗超的叔父郗昙等。因此，会稽的兰亭雅集文人与荆州的幕府文人关系密切，且这些兰亭诗人或其亲属在西游东归或交往东访的西部文人后，在山水主题的诗文创作上吸收了较多的西部特点。

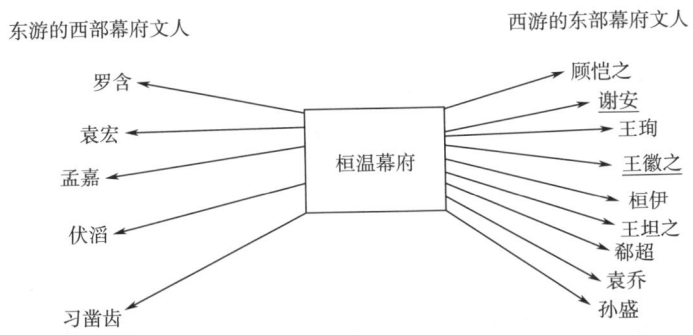

图5-1 西部荆州桓温幕府中曾东、西向流动的文人

---

① 此表根据《晋书》《先秦汉魏晋南北朝诗》《全上古三代三国六朝文》得出两晋可考文人人数与姓名，再根据《晋书》《中国基本古籍库》《爱如生中国方志库》《中国数字方志库》等文献或数据库得到各个文人可考的迁移轨迹。

从以上的统计与关系梳理中，我们可以发现，东、西部文人的朋友圈存在很大的重叠区。随机举玄言诗人孙绰为例，他曾参与353年的兰亭雅集，交游西部荆楚豪族习凿齿、镇守武昌的庾冰，并且，孙绰同祖父的族兄孙盛是桓温的荆州掾属，也是罗含、孟嘉的共同好友。而镇守在西部武昌的庾冰，其二子庾友、庾蕴也参加了兰亭雅集。又如桓温第五子、桓玄兄长桓伟，也参与了王羲之的兰亭集会，并在此后西行入仕，也曾镇守荆州。诸如此类，兰亭42位诗人中，多数都有此种西部亲友或仕宦的关系，这些交错的关系，也印证了东、西部文人之间的亲密与多种的交往、互动途径。

这种东、西部文人频繁的双向流动、交游，给文学创作，尤其是山水文学的创作，带来新鲜的刺激与直接的灵感。顾恺之对山阴"千岩竞秀，万壑争流，草木朦胧其上，若云兴霞蔚"的赞咏，背景也是其从会稽休假后返回荆州殷仲堪幕府，受西部同僚文人询问"会稽山川之状"而作答。同时，顾恺之有感于西部湖南山水的美景而作《湘川赋》《湘中赋》。

庾阐也曾从东仕西、出任零陵太守，赴任时"过乎历阳之津"，受西部山水独特的风貌的激发而作《涉江赋》：

> 发中州之曲汜，背石头之岩岨。溯晨风而遥迈，乘涛波而容与……总百川之殊势，集朝宗乎沧浪。注天波于析木，潋东极乎扶桑。体含弘而弥泰，道谦尊而逾光。齐山海以比量，冠百谷而称王。此则水之势也。且夫山川环怪，水物含灵。鳞千其族，羽万其名。毛群诡观，倮类殊形。

"殊势""天波""环怪""诡观""殊形"等字眼，常出现在东部文人西游后的作品中，皆因东、西部山水景色对比强烈带来的冲击：东部秀美、清丽、柔和，一如孙绰在《游天台山赋》中用"惠风""幽岩"等字眼表达东部风物的柔和与幽静之美；而西部山水，尤其是三峡地段，山高谷深、林诡石险、水势磅礴，初来乍到，带给东部文人强烈的震撼与刺激。这种感觉，同样是由东仕西的袁山松，在《宜都记》中有过清楚的表述：

>山松言：常闻峡中水疾，书记及口传，悉以临惧相戒，曾无称有山水之美也。及余来践跻此境，既至欣然，始信耳闻之不如亲见矣。……仰瞩俯映，弥习弥佳，流连信宿，不觉忘返。目所履历，未尝有也。既自欣得此奇观，山水有灵，亦当惊知己于千古矣。

袁山松在未到宜都之前，只知别人用口头或书面提出山峡险峻、无美景的警诫。但当他实地登临后，才发现这里山高谷深、峡水奔流、猿猴悲鸣，雄奇壮丽的风景大异于自己出身的东部，以至流连两晚而忘返，并激动地加以感慨：如此迷人的风景千古以来竟然不被人欣赏，自己应是三峡山水难得的知己。

因此，抛开东、西部文学的互相渗透、影响不说，仅仅是东部文人西游、西部文人东游这种地理区域的迁徙、环境的更迭对比，就能激发他们更细致地观察、更热情地投入与更多的创作灵感。迁移流动的两地文人们，在离开自己熟悉的地理环境后，感官体验上声色大开，身处异地所描绘的他乡山水形胜，往往比本土文人更具慧眼和创意，文学表达效果更易出彩，故东晋山水诗文的创作，往往与行旅、登临、游览、雅集、隐遁等户外的异地出游活动相关。

二、江陵山水文学对会稽文学中心的东传与影响

西部山水文学"西风东传"的现象集中体现在以下三个方面。

（一）山水文学创作时间的先后

如前文所述，西部荆楚对山水的描摹绘画可上溯至先秦楚辞和汉赋作品，这种传统在进入东晋后，又由东部的大批寒门幕府文人所继承，尤其是东晋中前期，罗含、袁宏、伏滔等人在多种文体中都渗透了大量模山范水的景色描写。反观此时的东部建康和会稽文学中心，仍充斥着歌颂中兴的颂德赋和寡淡枯燥的玄言诗，王导、谢安等名士都醉心清谈，无诗作传世。吴地的民间乐府则盛行儿女文学，"吴歌"中的艳情题材

风靡。

东部江南地区的山水文学兴起在东晋后期,尤其是从353年的兰亭雅集诗歌开始,伴随着东部兰亭诗人与西部桓温幕府文人的频繁互动,山水题材在东部的文学创作中才得以受到更多重视。到了东晋后期,东部的山水文学在顾恺之、袁山松、谢混、殷仲文等人手中勃然愈盛,相较西部源头,艺术成就竟后来居上。

(二)东部主流诗歌从玄言到山水的转换

从玄言诗到山水诗的转变,中间其实还隔着山水赋这一文体。西部山水题材的东传,首先是山水赋的传播,它影响了一大批有西部交游经历的文人,如孙绰作《望海赋》和《游天台山赋》、顾恺之作《湘川赋》和《观涛赋》、袁宏作《东征赋》等。并且,从353年王羲之、谢安、孙绰等42人创作的兰亭诗开始,模山范水的题材日趋兴盛,兰亭诗中王羲之的几首作品已经出现写景佳句。此后,在孙绰、谢混、殷仲文、谢灵运等人的先后努力中,东部的山水诗逐渐脱离玄言诗而独立。

胡适在《白话文学史》中称:"凡用诗体来说理,意思越抽象,写法越应该具体。"郭璞的《游仙诗》、王羲之的《兰亭诗》比较有感染力,皆因他们借用了一些具体的山水自然景物,通过对它们细腻的再现、特征性的刻画,搭建将诗中抽象玄理形象化的桥梁。西部山水文学本来只重再现实景或夸张的幻境,到了东部江南,才开始追求形神兼备的效果与冲淡玄远的意境,凸显情韵和理趣。

照此标准,被冠为"玄言诗人"的孙绰,其实也有一些优秀的山水创作,开始有意识地在玄理抒发之外着意写景,如其《秋日诗》:

> 萧瑟仲秋月,飂戾风云高。山居感时变,远客兴长谣。疏林积凉风,虚岫结凝霄。湛露洒庭林,密叶辞荣条。抚菌悲先落,攀松羡后凋。垂纶在林野,交情远市朝。淡然古怀心,濠上岂伊遥。

诗中通过秋月、高云、疏林、凉风等物,渲染秋天浓重的萧瑟、肃

杀之气，随着霜露渐起、植物凋零，虽然感应到时节变化的悲凉，但像古人一样保持与世无争、无欲无求的心，便能淡然自处。孙绰利用对秋日景象的刻意描绘，比兴引出诗末的玄理，已经是在尝试两者的交融。他在《游天台山赋》一文中则表现得更明显：

> 朱阁玲珑于林间，玉堂阴映于高隅。彤云斐玉以翼棂，皎日炯晃于绮疏。八桂森挺以凌霜，五芝含秀而晨敷。惠风伫芳于阳林，醴泉涌溜于阴渠。建木灭景于千寻，琪树璀璨而垂珠。……于是游览既周，体静心闲。害马既去，世事多捐。投刃皆虚，目牛无全。凝思幽岩，朗咏长川。

这里对天台山云日、山林、泉流、惠风的描绘，就十分细腻生动、比拟形象，读起来就像一幅华丽的山水画在眼前伸展。这种感染力源自声情并茂的摹写，情景交融，赏心悦目。

（三）东部山水文学创作手法对西部的因袭与发展

无论山水赋还是山水诗，东部山水主题的诗文作品，在结构、语言、手法上都与西部存在相似与继承之处。

庾阐《涉江赋》、孙绰《游天台山赋》、慧远《游石门诗序》、陶渊明《游斜川诗序》、顾恺之《虎丘山序》等作品，诗歌开始在"题目"或"诗并序"中加入带有日记条目性质的记录或叙事。这是因为，西部文人对山水的描绘通常承载在纪行、游记、从征主题之中，因此多有先记叙创作时间、地点与缘由的习惯，顺序上多为先记叙、再写景，最后才咏怀抒情。而这种结构手法，在东部纯山水主题的作品中也被保留下来。题目或"并序"中的记叙内容，对于读者理解作品的创作背景提供了极大的便利，也使诗文增强了感染力。

再以观潮类作品为例，顾恺之《观涛赋》、曹毗《观涛赋》、伏滔《望涛赋》等作品，在描绘奔腾的浪涛时，将其放置在有纵深的时空背景下加以关照，并以天地、云雾、风雨为衬托，营造开阔、玄远的意境。这也是对西部罗含、袁宏等人写景特点的学习。

北人移民第四代的谢混，被誉"江左风华第一"，他在东晋后期与殷仲文首倡山水诗，他的《游西池诗》更有"惠风荡繁囿，白云屯曾阿。景昃鸣禽集，水木湛清华。褰裳顺兰沚，徙倚引芳柯"等山水名句。惠风和畅，夕阳下欢快鸣叫的鸟群聚集在水边，而池水则倒映出岸边的红花绿草。这一派自然祥和、活泼艳丽的风景，以动衬静，以秀丽风光写自己徜徉畅游之情。谢混已经开始超越同时代的很多西部山水文人。

总体而言，正如徐公持所说："东晋五言诗在一个方面比西晋有明显进步，此即写景。"①而这其中，东西部文人双向的交游互动、西部山水诗文的东传，对东晋江南山水文学的勃兴起到了一个直接的、重要的推动作用。

东部江南山水文学具有玄化的特点，它对西部源头的山水文学进行了发展与超越。当然，山水诗创作在东晋后期的江南形成一种潮流，与山水书画的理论发展也有很大关系。

顾恺之在《画论》中提出"形神论"，主张绘画不应只追求写实、求真，更应该"以形写神""妙想迁得"，凸显画作对象的神韵。此后，宗炳继承并发展了顾恺之的观点。宗炳属于北人移民第三代，家住西部江陵，曾有"栖丘饮谷，三十余年"的经历，其所作的《画山水序》提出了"山水以形媚道""山水质有而趣灵""应目会心""澄怀观道"等重要观点：

圣人含道映物，贤者澄怀味象。至于山水，质有而灵趣……夫圣人以神法道，而贤者通；山水以形媚道，而仁者乐。不亦几乎？余眷恋庐、衡，契阔荆、巫，不知老之将至。愧不能凝气怡身，伤砧石门之流，于是画象布色，构兹云岭。

宗炳将孔子"智者乐水，仁者乐山"的思想发展为山水是"道"的载体。"山水以形媚道""立象尽意"，媚道是指将道的义理很美好、优美

---

① 徐公持.魏晋文学史[M].北京：人民文学出版社，1999.

地表达出来。从玄言诗转向山水诗并非因为士人们放弃了玄理，而是转向了将玄理内化于模山范水的摹写中这一另类逻辑。

《画山水序》在绘画理论史上十分重要，它论述了以小构大的"透视学"原理与"应目会心"原理：前者可以解决如何在小卷画纸上营造天地、宇宙的大空间；后者则强调观察与记忆，也就是对风物样子的再现、而非写实。宗炳这些山水绘画理论，放在山水文学创作上，对于如何营造广阔的时空背景，如何在写景上从写实、再现到传神，也一样有指导意义。

宗炳个人酷爱山水，《历代名画记》记载他一生遍游楚水吴山，老病之时仍旧追求"卧游"山水：

> 西陟荆、巫，南登衡岳，因结宇衡山，怀尚平之志。（后）以疾还江陵，叹曰：'噫！老病俱至，名山恐难遍观。唯当澄怀观道，卧以游之。'凡所游历，皆图于壁，坐卧向之。

"卧游""畅神"之说，十分传神。《中国道家之精神》指出："道家以为美感在于体验、感悟，在于天人合一。美在于和，美在于自然，美在于真，美在于淡，美在于朴，美在于忘我。"正因这种道家精神的感染与教化，才有了宗炳用"卧游"来"观道"的主张。他认为躺着欣赏墙上的山水画作，与亲身实地到达大自然中去一样，都能领悟、欣赏到"道"的存在，观道、取法自然不在于距离远近、虚实与否。与之类似的观点，有《世说新语》中对简文帝入华林园、顾谓左右的记载："会心处不必在远，翳然林水，便自有濠濮间想也。觉鸟兽禽鱼自来亲人。"

将山水审美与个人的修身养性、审美情趣如此相关联，始有东晋中期的王羲之、谢安等兰亭诗人，东晋后期又有慧远、刘遗民、雷次宗等游庐山诗人，他们都将游山玩水、描摹自然发展为一种生活方式与文人情趣。

东晋的山水作品对后世影响颇深。若细读文本，就会发现唐代被誉为"孤篇横绝"的《春江花月夜》，其实受到东晋末湛方生《帆入南湖诗》的直接影响：

> 彭蠡纪三江，庐岳主众阜。白沙净川路，青松蔚岩首。此水何时流？此山何时有？人运互推迁，兹器独长久。悠悠宇宙中，古今迭先后。（选自《先秦汉魏晋南北朝诗》）

白色洁净的沙滩、茂盛的青松林，写景明快自然，转入低沉的思考后，感慨时空无边、对比人生短暂，却又不像玄言诗一般淡乎寡味。作者巧妙地借问此山、此水始于何时，将空间扩展到宇宙、将时间延伸到古今，顿时使人感受到时空的苍茫、深邃与人类个体的渺小、悲哀。张若虚的"江畔何人初见月？江月何年初照人？人生代代无穷已，江月年年只相似"与此异曲同工，或颇有借鉴之处。后者篇末的"不知乘月几人归，落月摇情满江树"，将人、月、江、树融合一框，意境唯美而深情。唐人将山水诗文推向一个"天人合一"的新高度。

自然和人是互为象征的，也是互为照亮的。这其中的原因是，人寻找自然象征自己的感情的过程，实际上是在寻找人与自然的共同本性。优秀的山水作品总是包含着作者深刻的人生体验与哲思，或可抒发，或可教化，或可审美，不仅是描摹山水那么单薄。但共通的一点是，具有感染力的山水文学都有深情、任真的表达倾向和唯美、升华的审美追求。

瑞士思想家阿米尔认为，一片自然风景就是一个心灵的境界。东部江南地区的山水文学比起西部"青出于蓝"，很重要的原因就是审美开始追求意境化，而这种意境，又源于南渡玄风的内化、吸收。文人以自己的玄学思想和境界来关照江南山水，江南山水则自然地披上了哲理化、诗意化的审美色彩。从东晋以下，到南朝、唐宋等后世，文人们都在自觉或不自觉地践行宗炳提出的"澄怀观道"——无论此"道"是儒家的王道还是道家的自然无为之道。

宗白华在《美学散步》中说："晋人向外发现了自然，向内发现了自己的深情。山水虚灵化了，也情致化了"，宗白华用这一名言高度概括了东晋山水文学的特点：唯美与深情。这里的深情饱含了文人对人生、自然、命运的思考，具有对超越世俗、任性率真、忠诚于内心的执着追求。它们也是后世江南文学的重要审美特点——外在自然的秀美与内在个人的深情。

总之，东晋中后期，以会稽、建康为文学中心的江南地域文学，山水题材创作蓬勃而兴，其原因有多种。除去南渡北人带来的影响，无论是东部文人具体的山水创作，还是江陵宗炳"山水以形媚道"的理论，其源头都可以追溯到西部荆楚故地的影响。东晋作为北人南渡的第一次移民高潮期，显然为江南地区带来了北方中原的宝贵人才与衣冠文明，但在关注南北差异与融合问题的同时，也容易忽视东晋中后期文学版图的内部互动与东、西交融。狭义的江南地区，其文学发展在东晋一代，不仅深受北方中原文学南渡而来的外部影响，同时也深受西部荆州文学的传播与渗透。文学版图上外部的北人南渡和内部的西风东传，共同促成了东晋江南文学山水题材的勃兴。此后，融合了玄学审美的山水文学获得了一个崭新的、广阔的发展方向。东部山水题材创作中对玄远意境、冲淡审美的追求，对此后"文学盛世"南朝刘宋中谢灵运、鲍照等人的作品影响深远，也开启了后世江南文学独具特色的山水主题与传统。

第四节　江陵文学的主题：应制与嗟时文学

江陵文学中心的应制之盛，主要缘于权臣幕府文人群体的聚集以及幕主与幕僚之间唱和的需要，而嗟时文学的勃兴，则在幕主与幕僚之间具有不同的内在动因与价值取向。桓温个人雅好文学，对东、西部有名声的文人都多加征召，在幕府公务之余，也热衷于举办幕府文人的宴饮集会，桓温还喜欢即兴考核、奖励才思敏捷的文人掾属。桓温本人对文学的爱好推动了幕府文人的才华展示与积极创作。

一、江陵中心应制文学之盛

江陵文学中心创作的主题，以幕府应制、唱和、嗟叹时事等实用文学为主,因此文学风格兼具清奇、夸张与趣味多样。荆州文人多属桓温幕府掾属成员,因此他们的作品自然也多为幕府聚会时的应制作品——游宴、祖道、檄文、征赋等,以及幕府文人私下按照志愿与喜好创作的新兴题材——游记、地方志、私家史传等。而西部荆州文学作品中含有许多后世山水诗赋的元素,它们多被融合在一些实用文学的创作中,比如罗含的《湘中记》、盛弘之的《荆州记》、袁宏应制而作的《北征赋》等,里面模山范水的短诗或文句特别生动出彩。譬如《湘中记》对衡山的叙写:"山有锦石,斐然成文;衡山有悬泉滴沥,声泠泠如弦;有鹤回翔其上,如舞。"充分调动听觉感官,模拟出悬崖高处滴下泉水的渐沥声——犹如弦音一般凛冽,而鹤鸟来回地盘旋在空中又犹如人在舞蹈,读后使人颇有身临其境之感。再如袁宏《北征赋》对环境的刻画:"于时天高地涸,木落水凝,繁霜夜洒,劲风晨兴。日暧暧其已颓,月亭亭而虚升。"对仗工整,动静结合,并用拟人手法把日月交替的自然场景展现得栩栩如生。

桓温与幕僚文人经常举行各种集会活动,并用文学创作助兴,因此产生了孟嘉"龙山落帽"、袁宏奉命写讨伐檄文时"倚马千言"等美谈。习凿齿出身荆楚豪族,著有《汉晋春秋》《襄阳耆旧记》《逸人高士传》等作品。他的《汉晋春秋》为了讽谏桓温不臣的野心而作,而《襄阳耆旧记》是中国较早的人物志之一。西部的幕府文人多热衷于为自己出身的故土撰写地方志、人物志、风土志,有出于弘扬家乡的自豪感,在他们饱含深情地描述地理形胜、模山范水中,涌现不少写景抒情的佳句。

伏滔是桓温非常欣赏的文人,"每宴集,必命滔从",作品有《望涛赋》《长笛赋》《登故台诗序》《论青楚人物》等,他本人的交游与创作,体现了即使是在桓温幕府内部,也存在南士与北士、高门与寒门之间的对立与竞争。

寒门庶族文人相比沉迷宴游、清谈的高门世族,更有"求新求变"的创作动力,他们在文学题材和文体上的选择更灵活多变,往往能令人耳目一新。寒门庶族间的南北文人融合也比门阀世族进行得主动、顺利,他们还更积极地吸收民间乐府、地域歌谣、故事传说等因素进入诗文作品中。他们对痛苦人生、不公平待遇的体验，是促进文学突破性发展的一股强大力量。痛苦似乎比快乐更能产生诗歌，诗的灵性往往来自生命痛苦的体验。

二、江陵中心的"嗟时"主题

"嗟时"主题在西部文人中的盛行，由权臣与幕僚所共同推动、叙写。桓温的"嗟时"作品具有明显的"济世"思想倾向，一如他渴望建功、数次北伐、志在光复的人生追求。《世说新语·轻诋》曰："桓公入洛，过淮、泗，践北境，与诸僚属登平乘楼，眺瞩中原，慨然曰：'遂使神州陆沈，百年丘墟，王夷甫诸人不得不任其责'！"① 桓温将西晋倾覆归咎于王衍等人的清谈误国虽失之偏颇，但也凸显出其匡复晋室的志向与决心。他的《请迁都洛阳议》《辞参政朝疏》《檄胡文》《与抚军笺》《与弟冲书》等作品也都一再表达了这一"嗟时"主题与济世思想。

韩文娟在《桓温研究》中也强调："桓温重人事、奋发进取、积极于事功"②，认为桓温的作品尤其是散文多以对时事的分析和思考为主，从本质上说"都指向复兴国家这一终极命题"，甚至直言桓温文章内容"比较狭隘，不出时事政治的苑圃"。身为荆州刺史、幕府首领的桓温创作偏好如此，其橼属文人自然也多有感怀时事的作品，以袁宏应制的另一篇赋作《东征赋》为例：

> 壮公瑾之明达，吐不世之奇策，挫百胜于崇朝，靡云旗于赤壁。三光一举而参分，四海指麾而中隔。过武昌以消摇，登樊山以流盼。访遗老以证往，乃西鄂之旧县。襄有吴之初基，升员丘而豹变。尔乃出桑洛，会通川，背彭泽，面长泉。洲渚迢遰，矶岫虚悬。即云似苓，望水若天。日月出乎波中，云霓生于浪间，嗟我行之弥留，跨晦朔之倏忽。

---

① 刘义庆.世说新语[M].北京：中华书局.2011.
② 韩文娟.桓温研究[D].济南：山东师范大学，2014.

此赋叙写自己随军出征途中的艰辛困顿、追述经过的三国历史遗迹，感怀、追慕孙吴和刘蜀的英雄业绩，同时又自叹身世低微、命运飘零："唯吾生于末运，托一叶于邓林。顾微躯之眇眇，若绝响之遗音。"其中通过强烈对比所折射的无奈与不甘，可谓代表了下层幕僚的心声，与桓温等上层士族的宏大叙事有所不同。正如西部本土文人湛方生嗟叹、感慨人生离合、思乡怀归之作《怀归谣·辞衡门兮至欢》：

辞衡门兮至欢，怀生离兮苦辛。岂羁旅兮一慨，代谢兮感人。四运兮道尽，化新兮岁故。氛惨惨兮凝晨，风凄凄兮薄暮。雨雪兮交纷，重云兮四布。天地兮一色，六合兮同素。山木兮摧披，津壑兮凝冱。感羁旅兮苦心，怀桑梓兮增慕。胡马兮恋北，越鸟兮依阳。彼禽兽兮尚然，况君子兮去故乡。望归涂兮漫漫，盼江流兮洋洋。思涉路兮莫由，欲越津兮无梁。

湛方生出身的家族势力比袁宏更衰微，甚至连低级的门阀士族都算不上——而袁宏的七世祖袁滂曾任汉灵帝的司徒、六世祖袁涣曾任曹魏的郎中令，袁家子弟世有名位，只是从袁宏父亲一辈开始家道中落。因此袁宏心中时常对处境怀有不甘与愤懑，对自己在幕府中与伏涛一起并列被称"袁伏"也感到羞耻。出身门阀的等级、政治地位的高低，都直接影响到文人在"嗟时"主题上的创作格局与感怀内容，从桓温到袁宏、到湛方生，对政治时局、家国前途的思考在递减，对个人处境、生存境遇的关注在递增。湛方生的《怀归谣》重点放在对离别、羁旅、严寒、归途的描写上，已经明显淡去了时政背景，但对个人感受、思归情怀的嗟叹上更显酣畅淋漓。

桓温去世后，其幕府文人中袁宏、顾恺之、伏滔等人都向东部迁移、继续出仕或交游东部文人，也成为荆州文学向东部传播的重要媒介。

总之，在江陵之前的文学中心建康、会稽，分别以颂德赋、玄言诗为主流题材。但桓温幕府文学集团的迅速兴起，给当时的重要文人提供了一个聚集的机会与平台，引发了东、西部文人之间自觉或被动的频繁交游，从而促成了文学发展的一些变异与突破。西部从荆楚屈骚文学传承下来的绘景体物传统,渗透到东晋荆州盛行的游记、地志等新题材的创作中,也影响到东部山川赋、山水游记诗文的创作;西部文学这种历来沿袭的山水主题,通过文人东、西间的双向流动而"西风东渐",在东晋中后期传播到建康、会稽等地,催生了江左山水文学题材的勃兴。

第五章 东晋中期江陵文学中心

第六章 东晋后期寻阳文学中心

文学中心的迁移无法做出简单的横切与剖面，因为旧文学中心虽然衰弱，但其底蕴与地域文化优势仍在，通常会成为一个新的亚文学中心；而新文学中心在兴盛的同时，也往往正在酝酿、聚合着新的文学中心。寻阳成为东晋后期最后20年间的文学中心，很大程度上得益于得天独厚的地理位置：它处于东、西部文人双向对流的必经之地，也是东、西部文学辐射力的交汇点。当会稽文学中心与荆州文学进行密切互动、来往时，同时也是在促进寻阳文学中心的形成。

根据第一章第二节的数据统计，寻阳文学中心与江陵文学中心一样，存在着静态地理分布与动态地理分布极不平衡、极不相符的状况：东晋寻阳籍贯的文人仅有2位，而曾在寻阳隐居、修行、过路的文人却占了东晋文人近半的数量。可见，寻阳文学中心的形成与繁盛，更多的是依靠外来文人的聚集与交游。

第一节 寻阳文学中心的形成

西晋元康元年（291），割扬州之豫章郡、鄱阳郡、庐陵郡、临川郡、南康郡、建安郡、晋安郡和荆州之武昌郡、桂阳郡、安成郡10郡，另行设置江州。东晋永兴元年（304），分庐江郡之寻阳县、武昌郡之柴桑县合立寻阳郡,属江州,合之为11郡,治所在寻阳。同样,寻阳也是长江水道上的临江城市,处于建康与江陵两大文学中心之间,既是东、西部文人双向对流的必经之地,也是东、西部文学辐射力的交汇点,所以寻阳在形成自身相对独立的文学中心之际又兼具重要的中介地位与作用。由此可见,寻阳之所以在东晋后期继会稽、江陵之后成为新的文学亚中心,很大程度上受益于这一得天独厚的地理优势。

一、寻阳:东、西交汇的中心点与必经之地

寻阳①独特的地理位置在于,寻阳所处的江州是典型的"吴头楚尾"②之地,早在夏、商时期,今九江内的土地就分别属于荆州、扬州。今江西北部和安徽西南部,在春秋时期也曾是吴、楚两国的交界处。因为处于荆州、扬州之争的中心地带,曾属于荆州的江州被单独划分出来,成为一处东、西部势力的缓冲地带,也是双方都想拉拢的对象。江州刺史的立场、任命,通常决定哪一方在荆扬斗争中占据优势。

寻阳成为文学中心,还与它所拥有的庐山密切相关。庐山之所以成为隐逸和宗教修行的圣地,与其山势险峻且相对靠近都城有关。庐山山势雄奇险峻、深山离居、气候宜人,有如《高僧传》中所述:"洞尽山美,却负香炉之峰,傍带瀑布之壑。仍石垒基,即松栽构,清泉环阶,白云满室。复于寺内别置禅林,森树烟凝,石径苔合,凡在瞻履,皆神清而气肃焉。"

陈寅恪《魏晋南北朝史讲演录》中称:"凡屯聚堡坞而欲久支岁月的,最理想的地方,是既险阻而又可以耕种、有水泉灌溉之地。能具备这两个条件的,必为山顶平原及有溪涧水源之处。因此,当时迁到山势险峻的地方去避难的人,亦复不少。盖非此不足以阻胡马的陵轶,盗贼的寇抄。"他认为险峻的山势可以抵挡盗寇的侵袭,而山顶平原或有溪流之处又满足生存的必要条件。庐山正符合这样的择居要求。

严耕望先生则提出一个较为颠覆性的观点:中国佛教其实兴盛于都

---

① 东晋咸和中(326—334),寻阳移治柴桑(今九江市西南),但在唐朝天宝元年才改称为"浔阳",因此,本书称呼"寻阳"更为恰当。

② 王象之.舆地纪胜[M].成都:四川大学出版社,2005.

市而非成于名山大川。历史上知名的寺庙、院所并非因为山名、僧名而兴亡，更重要的原因是靠近都市、接近政治权力核心[①]。严耕望也认为庐山因为山势险要，且比较靠近首都建康，而成为许多寺院兴建的首选地。

总之，江州寻阳成为文学中心的首要因素，就是它独特的地理位置：东晋荆扬之争在长江中游的缓冲带；往来荆州与建康、会稽的必经之路；东、西文学中心辐射力的交汇点。

二、孙恩之乱、佛道兴衰与会稽——江州的中心转移

东晋末年孙恩、卢循起义是东晋南朝规模最大、历时最长的一次暴动起义，前后延续了12年之久，甚至还转战到长江中下游以南地区。这给会稽的门阀士族带来极其沉重的打击。比如"会稽四姓"之一的孔家，孔严的三子：孔道民、孔静民、孔福民，皆被孙恩所害，谢道韫的子女也在暴乱中全部遇难，文人的凋零、消逝也是会稽文学中心衰败的一大原因。前后繁荣了约70年的会稽文学中心，因为暴乱和道衰佛兴的趋势而遗憾消散。

从王羲之、王献之、王凝之等父子的起名，不避父讳、不忌重名的现象中，陈寅恪分析出琅琊王氏家族对天师道的信仰[②]，当时的会稽地区普遍都信仰道教。当时任会稽内史的王凝之已迷恋上道教，面对强敌进犯，不是积极备战，而是闭门祈祷道祖能保佑百姓不遭涂炭。发起暴乱的孙恩本人，祖上也是世代信奉五斗米道。在推论孙恩起义为何能打着天师道的旗号聚众时，田余庆先生在《东晋门阀政治》中认为："江南之地，尤其是会稽一带，民间普遍崇奉的并非有组织的道教，而是旧俗相沿的巫觋，追随孙泰、孙恩、卢循的恐怕多是笃信巫觋的农民。不过巫觋近于道术，孙泰利用了民间旧俗，所以能够诳惑而起。"孙恩叛乱失败后，其所借助的天师道势力也受到重创。而随着会稽地区道教的没落，原本通过画写符箓、教徒信奉的需要，对东晋的书法、雕塑、音乐等文艺领域的促力也衰弱，文人关于服食、求仙、游山等活动的作品也大量

[①] 严耕望.魏晋南北朝佛教地理稿[M].上海：上海古籍出版社，2007.
[②] 陈寅恪.天师道与滨海地域之关系//金明馆丛稿初编[M].北京：生活·读书·新知三联书店，2009年.

减少。

佛教流行胜过道教的势头,其实在东晋中期的会稽地区已有显现,如孙绰即借助玄学来推广佛教,与支遁、竺道潜等名僧多有交游。王谢家族中也多有佛道双奉的子弟,谢灵运就曾在《庐山慧远法师诔并序》中感慨自己出家未遂的遗憾:"予志学之年,希门人之末。惜哉,诚愿弗遂。"

但不同于平民百姓的奉教以祈福,士族文人对佛教的兴趣与玄学风靡有关,一如汤用彤先生论魏晋佛法兴盛的原因之一:"约言析理,发明奇趣,此释氏智慧之所以能弘也。祖尚浮虚,佯狂遁世,此僧侣出家之所以日众也。故沙门支遁以具正始遗风,几执名士界之牛耳。"①

东晋后期还有取经回国的法显、长安译经的鸠摩罗什、释道安、僧肇、昙猷、支道林、竺道潜等诸多高僧,而上层统治者的支持上,有权臣司马道子穷奢奉佛、孝武帝司马曜成为历史上首位公开信佛、弘佛的帝王,所以佛教在人才数量和世俗影响力上都逐渐超越道教,以至出现后来南朝梁武帝舍国出家的极端现象。

东晋因玄学的盛行,促使佛教徒附会玄学以求玄佛相融,许多佛教徒都用诗歌的形式来表达自己对玄理的领悟。东晋时,佛教为了扩大在本土的影响力逐渐附会玄学,佛教以玄学语言阐述佛理传教,玄佛合流之风推动了佛教的大盛。

顾命大臣何充酷爱佛教,大修寺庙,供养的和尚以百计,浪费亿万而不吝惜。当时郗愔和他的弟弟郗昙信奉天师道,而何充及他的弟弟何准笃信佛教,因此,谢万讥笑他们说:"二郗谄于道,二何佞于佛。"

总之,在东晋最后的20年中,佛教的传播和信仰一直兴盛。庐山脚下的寻阳地区,也出现了由陶渊明、刘遗民、周续之组成的寻阳三隐和庐山东林寺以慧远为首的白莲社。就在爆发孙恩起义的隆安三年(399),慧远已在庐山扬名,与征伐路过的桓玄在虎溪面谈,力辩剃发不违孝道,又在元兴元年(402)成立庐山白莲社,而陶渊明也在义熙元年(405)正式归隐于庐山脚下。庐山此时作为儒释道合流的一处风景胜地,产生

---

① 汤用彤.汉魏两晋南北朝佛教史[M]北京:北京大学出版社,2011:108.

了不少山水诗、田园诗。陶渊明诗中常出现的"南山""南华""南岳"即指庐山。

第二节　文人流动对寻阳文学的重要影响

寻阳文学中心文人的流动，可以陶渊明在东、西部之间的流动以及慧远与东、西、西北三地文人的交往为代表，这种空间流向与互动，都对两人的文学创作产生了重要影响。

一、陶渊明在东、西部之间的流动及对其创作的影响

根据陶渊明可考的活动轨迹，可以发现，虽然他出生于中部寻阳，但至少有3次向东进入建康，也至少有3次向西进入荆州。根据陶渊明自己的《祭程氏妹文》，可知他曾在太元元年（376）前后与程氏妹一起在武昌居住；返回寻阳后，隆安二年（398）又曾西迁、出任桓玄的荆州幕府掾属；义熙元年（405）听闻异母妹去世，又特意辞去彭泽令，前往武昌为程氏妹奔丧。而奉命两次出使建康：其一是隆安四年（400）奉桓玄命从荆州出使建康，其二是义熙元年（405）担任江州刺史刘敬宣掾属时从江州出使建康。隆安五年（401）因母丧回寻阳，3年丁忧期满后，元兴三年（404）陶渊明出任刘裕在建康的幕府成员，即第三次进入建康。陶渊明在东、西部之间具体的迁移状况如图6-1所示。

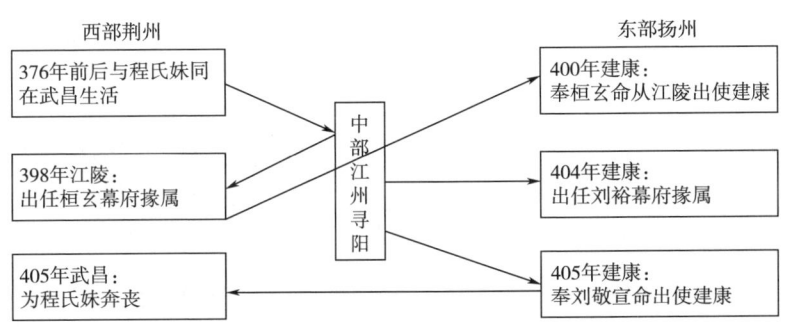

图6-1　陶渊明在东、西部之间迁移的示意图

陶渊明一生中的大部分时间都居住在江州寻阳——东、西部文人双向流动的必经之地。但在东西向的迁移、出仕中，陶渊明也有机会接触过桓玄、刘裕、刘牢之儿子刘敬宣、江州刺史王弘、颜延之、檀道济等名士或权臣，其中，江州刺史王弘是王导曾孙，属于顶级门阀的琅琊王氏，却有结交渊明、白衣送酒的美谈。

（一）陶渊明向西迁移所受的影响

1. 对生活态度取向的影响

出生并生活在西部江夏的外祖父孟嘉及其弟弟——著名隐士孟陋，使陶渊明沾染了家族中仰慕自然、崇尚归隐的风气。陶潜在为外祖父孟嘉所作的《晋故征西大将军长史孟府君传》一文中，饱含对他的追思与崇敬。

2. 对"桃花源"创作内容的影响

刘驎之其人，生卒年不详，大约太元元年（376）前后在世，他曾在湖南的衡山采药，好游山水，志向淡泊。他是陶潜《桃花源记》中的人物原型："南阳刘子骥，高尚士也，闻之，欣然规往。未果，寻病终。后遂无问津者。"刘子骥在当时就有一定的声名，是一位"渔隐名士"，事见《世说新语·任诞》：

> 桓车骑在荆州，张玄为侍中，使至江陵，路经阳岐村，村临江，去荆州二百里。俄见一人，持半笼生鱼，径来造船云："有鱼，欲寄作脍。"张乃维舟而纳之。问其姓字，称是刘遗民。张素闻其名，大相忻待。刘既知张衔命，问："谢安、王文度并佳不？"张甚欲话言，刘了无停意。既进脍，便去，云："向得此鱼，观君船上当有脍具，是故来耳。"于是便去。张乃追至刘家，为设酒，殊不清旨。张高其人，不得已而饮之。方共对饮，刘便先起，云："今正伐荻，不宜久废。"张亦无以留之。①

刘孝标在注这段文字时，引《中兴书》说："刘驎之，一字遗民。"

---

① 刘义庆. 世说新语笺疏［M］. 北京：中华书局，2007.

刘驎之爱好捕鱼，但对担任桓玄掾属的张玄并未趋炎附势，坚持淡泊高尚的人品。文中称刘驎之居住在去荆州二百里的阳岐渔村，这是从荆州到江陵的必经之地。而根据陶渊明赴荆州担任桓玄幕担任参军的经历，他很有可能曾经路过阳岐村，这种游历经验很可能为他《桃花源记》的创作提供了素材与灵感。

（二）陶渊明向东迁移所受的影响

（1）陶渊明被称为"白璧微瑕"的《闲情赋》值得关注。陶渊明虽在《闲情赋序》中表达了镇静性情、讽谏为主的创作目的，但《闲情赋》中大量铺排的发愿内容，充满缠绵、艳情的细节刻画，与他平淡、质朴而又隽永的主流文风大相径庭。这或与他在出使东部建康时所受的影响有关。在同一时期，王献之在建康所作的《桃叶歌》、东部本土士人杨方所作的《合欢诗》，当时的东部士人都受到这类"吴歌越吟"乐府爱情题材的浸染。陶渊明的《闲情赋》也不例外：

> 激清音以感余，愿接膝以交言。欲自往以结誓，惧冒礼之为愆。待凤鸟以致辞，恐他人之我先。意惶惑而靡宁，魂须臾而九迁。愿在衣而为领，承华首之余芳；悲罗襟之宵离，怨秋夜之未央。愿在裳而为带，束窈窕之纤身；嗟温凉之异气，或脱故而服新。愿在发而为泽，刷玄鬓于颓肩；悲佳人之屡沐，从白水而枯煎。愿在眉而为黛，随瞻视以闲扬；悲脂粉之尚鲜，或取毁于华妆。愿在莞而为席，安弱体于三秋；悲文茵之代御，方经年而见求。愿在丝而为履，附素足以周旋；悲行止之有节，空委弃于床前。愿在昼而为影，常依形而西东；悲高树之多荫，慨有时而不同。愿在夜而为烛，照玉容于两楹；悲扶桑之舒光，奄灭景而藏明。愿在竹而为扇，含凄飙于柔握；悲白露之晨零，顾襟袖以缅邈。愿在木而为桐，作膝上之鸣琴……①

陶渊明赋中运用比兴手法，情思铺排，层层生发递进，辞藻华丽，

---

① 陶渊明.陶渊明集笺注［M］.北京：中华书局，2003：449.

情感缠绵。更值得注意的是,《闲情赋》所发的"十愿"与杨方的《合欢诗》在内容、用语上都有颇多相似之处:

> 同声好相应,同气自相求。我情与子亲,譬如影追躯。食共并根穗,饮共连理杯。衣用双丝绢,寝共无缝绸。居愿接膝坐,行愿携手趋。子静我不动,子游我无留。齐彼同心鸟,譬此比目鱼。情至断金石,胶漆未为牢。但愿长无别,合形作一躯。生为并身物,死为同棺灰。

会稽杨方的生卒年无法明确,但根据他曾担任东晋初期王导的掾属来看,生活时段应该早于处于晋宋之交的陶渊明。因此,明显是陶渊明模拟了杨方,或两人都模拟了东部吴地的民间乐府诗歌。无论是何种情况,陶渊明向东出使建康,都有助于他对乐府吴歌或其他文人拟乐府作品的接触。

(2)陶渊明的《责子诗》与谢混"乌衣之游"的《诫族子诗》。《宋书·谢弘微传》记载了陈郡谢氏家族的"乌衣之游":"混风格高峻,少所交纳,唯与族子灵运、瞻、曜、弘微并以文义赏会。尝共宴处,居在乌衣巷,故谓之乌衣之游。混五言诗所云'昔为乌衣游,戚戚皆亲侄'者也。"

对于"乌衣之游"的具体时间,学者们的考证有分歧,但张可礼和丁福林都认为是义熙二年(406)——谢混《诫族子诗》约作于这一年的前后。乌衣之游大约发生在东晋义熙一二年间(405—406),而隆安四年(400)(作为桓玄荆州幕府成员出使建康)、元兴三年(404)(任刘裕在建康的幕府成员)、义熙元年(405)(奉江州刺史刘敬宣之命出使建康),陶潜都曾奉命进入建康,有很大的概率、机遇去了解"乌衣之游"这一家族活动及谢混所作的《诫族子诗》。

诗歌在北方被用来"言志",具有神圣而庄重的意味,大多被用来表现政治伦理、家国情怀等传统的、"公"领域的内容,而日常生活的细节则琐碎、平淡,无关紧要。陶渊明写《命子诗》《责子诗》《赠长沙公》,将自己日常的家庭生活引入诗歌的书写范畴,应该是受到了西晋左思

《娇女诗》和同一时期谢混的《诫族子诗》的影响。

这种将个人私情内容入诗的写法，经过唐代杜甫等人继续打破诗歌题材界限的努力，最后发展至宋诗创作时的无所限制、什么都可以入诗。

谢混成长在陈郡谢氏家族鼎盛的时间段，但此后遭遇孙恩在会稽的叛乱，谢混父亲与兄长都在叛乱中被杀，谢家子弟开始人丁凋零、家族地位不断下滑。在此背景下，在"乌衣之游"中，谢混十分关注对家族子弟的培养，做《诫族子诗》也是为了给各个家族子弟做出进步的导向与诫勉。诗中也积极评价了谢灵运的诗文，肯定他的文才与创意，若能再加以雕琢、渲染则更佳："康乐诞通度，实有名家韵。若加绳染功，剖莹乃琼瑾。"

陶渊明的《命子诗》与谢混《诫族子诗》一样，饱含对小辈的殷切期望：

> 嗟余寡陋，瞻望弗及。顾惭华鬓，负影只立。三千之罪，无后为急。我诚念哉，呱闻尔泣。卜云嘉日，占亦良时。名汝曰俨，字汝求思。温恭朝夕，念兹在兹。尚想孔伋，庶其企而！厉夜生子，遽而求火。凡百有心，奚特于我！既见其生，实欲其可。人亦有言，斯情无假。日居月诸，渐免子孩。福不虚至，祸亦易来。凤兴夜寐，愿尔斯才。尔之不才，亦已焉哉！（选自《先秦汉魏晋南北朝诗》）

无论白天还是夜晚，都祈愿儿子能成才的陶渊明，却只能在现实中失望。《责子诗》是陶渊明创作于四十多岁时的作品，即至少作于405年之后，也就是谢混创作《诫族子诗》之后，反映了诗人对儿子的无奈与戏谑：

> 白发被两鬓，肌肤不复实。虽有五男儿，总不好纸笔。阿舒已二八，懒惰故无匹。阿宣行志学，而不爱文术。雍端年十三，不识六与七。通子垂九龄，但觅梨与栗。天运苟如此，且进杯中物。（选自《先秦汉魏晋南北朝诗》）

相比谢混《诫族子诗》的工整骈俪与严肃口吻，陶渊明的《责子诗》更多有自嘲、无奈但又带有慈爱、怜惜的复杂感情。虽然觉得自己的五个儿子都不争气，但依旧愿意顺着天运如此的安排，暂且享受杯中酒。

二、慧远与东、西、西北三地文人的交往

慧远在庐山修行30余年，住在江州刺史桓伊为其修建的东林寺，平时积极与东晋的名士、权臣修好，在东晋晚期努力推广佛教的影响力。

元兴元年（402），已在东林寺主持21年的慧远大师，在庐山召集刘遗民、周续之、雷次宗、宗炳、张季硕、王乔之等名僧雅士123人，发愿潜修净土，共生西方极乐世界。此次集会前，因为大师曾带领众人在东林寺前凿池种白莲，所以后世称此集会所结之社为"白莲社"。据《宋书》的传记所载，白莲社中的周续之、雷次宗、宗炳等人，早年都曾学习老庄或儒学，生性好悠游山水。他们加入慧远的佛学团体，促进了儒释道三教合流的发展。

慧远还与无神论的戴逵有信件往来，戴逵是身兼画家、隐士、雕塑家、音乐家的文人。东晋时因果报应之说虽已流行，但戴逵认为其不存在，所以与慧远在书信中反复论辩——《与远法师书》《重与远法师书》《答远法师书》，常常驳倒对方。

当时，东晋司徒王谧、护军王默都对慧远表示钦慕，安帝甚至还向他致书问候，就连北方的后秦统治者姚兴也对他致书殷勤，不断赠送食物礼品和佛教法器。慧远同荆州刺史殷仲堪关系也很密切，殷仲堪曾到山上看望过他。后来，图谋夺取王权的桓玄攻打殷仲堪，军经庐山，要慧远出山相见。慧远称疾不出，桓玄只好亲自入山去看他。在此之后，慧远和桓玄有过多次书信往来。

宗炳、荆州刺史桓玄等是西部文人，而戴逵、谢灵运、晋安帝、朝廷中的王谧、王默等是东部文人，慧远与他们的现实或书信中的交往互动，提升了寻阳对文人的吸引力，也活跃了寻阳文学的创作。

值得关注的是，慧远除了交游东、西部文人，还与西北的僧人、文人多有互动。

庐山东林寺与长安鸠摩罗什居住的逍遥园，是东晋南北两大译场，遥相呼应。鸠摩罗什大师佛法精深，因此慧远经常写信修书、与其通好、交流、请教佛法修炼中的疑问。而这种遥远的通信，依靠的是苻秦卫将军昙邕，他自从拜慧远为师以来，十多年间都长途跋涉、往返于庐山与长安之间，专作慧远与鸠摩罗什的信使。鸠摩罗什翻译佛经主张改直译为意译，注重翻译语言的本土化，对佛教文学的发展与传播有着深远的影响。

慧远在庐山一直努力用各种办法，保持与各地名僧之间的互通书信与交流。出于传播佛教的目的，还经常派遣弟子到各地讲学，如《高僧传》载道祖"后还京师瓦官寺讲说，桓玄每往观听"，而其他大量以"游学"方式到庐山问道者的流动性更大，他们到各地去宣传佛法，也进一步扩大了庐山博综学风在当时的影响，对改变东晋中后期的学风有重要的意义。

第三节　寻阳文学中心的主题：宗教与田园文学

从西晋洛阳文学中心的"忧生"主题，到东晋建康文学中心的"中兴"主题、会稽文学中心的玄言与山水文学主题、江陵文学中心的应制与嗟时文学主题，最后聚焦于寻阳文学中心的宗教与田园文学主题，大致展示了两晋五大文学中心的主题演变历程与趋势。

一、慧远白莲社等人的游庐山作品

太元六年（381），慧远正式入驻庐山修行，江州刺史为他所建的东林寺也有了许多追随者——《高僧传·慧持传》称："庐山徒属，莫匪英秀，往反三千。"

慧远在山水画、山水诗和游记文章方面，都有较高成就，他与白莲社成员留有《庐山东林杂诗》《奉和慧远游庐山诗》《庐山记》《游山记》等山水诗文，记录下较大的集会吟咏活动，是在隆安四年（400），即白莲社成立之前两年的仲春，慧远大师组织集体出游庐山一角的石门、吟

111

咏山水,载于其《游石门诗序》中:"释法师以隆安四年仲春之月,因咏山水,遂杖锡而游。于时交徒同趣三十余人,咸拂衣晨征,怅然增兴。"这次出游有"各欣一遇之同欢,感良辰之难再"的感慨,一如之前的金谷与兰亭,但在情感抒发和哲理思考上却有很大的突破:"俄而太阳告夕,所存已往,乃悟幽人之玄览,达恒物之大情,其为神趣,岂山水而已哉!"大自然的无所主宰、顺其自然秉性,是与佛理相通的禅趣,是隐士神秘的感悟和通达永恒的深情。

白莲社成员依托寻阳庐山的自然形胜,集体欣赏、悠游山水,参佛修道,思考自然与人们心灵的关系。在描绘山水、体悟天人情感方面,都为后世山水诗做出了贡献。

如慧远《游庐山》:"崇岩吐清气,幽岫栖神迹。希声奏群籁,响出山溜滴。有客独冥游,径然忘所适。挥手抚云门,灵关安足辟。流心叩玄扃,感至理弗隔。孰是腾九霄,不奋冲天翮。妙同趣自均,一悟超三益。"诗歌描绘清幽的山水之美,诗人在进行山水审美的同时,进入了悟理的境界,慧远用"冥游"来表现这种精神活动,也就是审美和悟理的融合。

又如王乔之《奉和慧远游庐山诗》:"超游罕神遇,妙善自玄同。彻彼虚明域,暧然尘有封。众阜平寥廓,一岫独凌空。霄景凭岩落,清气与时雍。有标造神极,有客越其峰。长河濯茂楚,阴雨列秋松。危步临绝冥,灵墼映万重。风泉调远气,遥响多喈嗈。遐丽既悠然,余盼觌九江。事属天人界,常闻清吹空。"此诗对山水景物之美作了更为充分而生动的描绘,而他称所观照的山水之美为"遐丽",也就是认为远离人为而于"美"中蕴含了道之真,这种观念显然是以慧远的宗教思想为旨趣的。刘逸民、张野等人也都有奉和之作,说明慧远的文学创作对门下有强大的感召力。

慧远极富文学才华,《高僧传》谓其"善属文章,辞气清雅",他又重视文学对于佛教的作用,而在慧远影响下,庐山博雅之风的形成也促进了庐山形成浓厚的文学氛围。慧远及其追随者的文学创作,更是直接开启了庐山文学的新天地。

二、陶渊明在寻阳庐山下的隐逸及创作

太元六年（381）慧远入驻庐山，24年后的义熙元年（405），陶潜才正式归隐庐山脚下的寻阳，他们两人是寻阳文学中心的核心人物。

陶渊明曾祖虽为东晋开国权臣陶侃，但后来因家道衰落，空有济世之志不得伸。逯钦立评价陶渊明"存心处世，颇多追仿其外祖辈者"。①的确，陶渊明的个性、修养、审美、喜好，都很有外祖父孟嘉的遗风，最终也选择安贫乐道、躬耕乡间，为后世开创田园诗派。他的高洁与王羲之的雅洁都是后世文人推崇的品行，所不同的是，陶氏没有琅琊王氏这样富贵显赫的身世背景，他在生活困窘与保持人格独立之间的挣扎与努力，更为贴近后世文人的真实处境，也更具有典范性。

东晋文人对于隐逸生活和田园生活的歌咏，贡献最大的无疑是陶渊明，他的诗歌赋予了山水田园宁静淡泊、超脱世外的特殊美感，在人生理想和精神寄托的高度上也得以垂范后人：

> 吁嗟身后名，于我若浮烟。
> 静念园林好，人间良可辞。
> 富贵非吾愿，帝乡不可期。
> 鼓腹无所思，朝起暮归眠。
> 在世无所须，唯酒与长年。
> 岂不实辛苦？所惧非饥寒。贫富常交战，道胜无戚颜。

以上名句都是陶渊明安贫乐道的注脚，是其甘受贫困与劳作之苦也不愿违背内心的宣言。这与西晋的石崇、潘岳和同时代稍早的桓温形成鲜明对比：石崇相信"士当身名俱泰"、潘岳望尘而拜，桓温认为"既不能流芳百世，不足复遗臭万载"。而这些在陶渊明看来，都是"浮烟"，他只需要"鼓腹"就能度日，有酒便是满足。陶渊明的率真、淡泊，帮助他抵御物质上贫穷的痛苦，最小化个人的欲望，努力、认真地过着平

---

① 逯钦立.汉魏六朝文学论集[M].西安：陕西人民出版社，1984：149.

凡的田园生活，享受日常生活的所有苦乐与心境的悠然，精神上便能感受更多日常生活的微小快乐。正因此，陶渊明笔下的悠然南山、世外桃花源、庐山等江南景观，也都被赋予了作者高洁淡泊的审美和强烈的精神感召力。

陶渊明的田园诗与东部文人的山水诗并不同。田园诗虽写农村风景，但主体是写农村生活、农夫和农耕；山水诗主要写自然风景，写主体对山水客体的审美，往往和行旅联系。因此，严格来说，陶渊明的诗歌中只有《游斜川》属于山水诗，其余多以田园生活为描写对象，反映亲子躬耕的甘与苦。

着重写躬耕的生活体验，是田园诗最有特点的部分，陶渊明是第一位亲身参加农耕，并用诗文写出体验的士大夫，典型如《归园田居》其三：

种豆南山下，草盛豆苗稀。晨兴理荒秽，带月荷锄归。道狭草木长，夕露沾我衣。衣沾不足惜，但使愿无违。

陶渊明描写景物、田园不追求浓墨重彩，不讲究形似，不刻意铺垫情节曲折，而是重在写心，以及天人合一的心境。西部文学擅长的模山范水，陶渊明并不模拟，却只直抒胸臆、语淡情浓。诗歌的用语、手法经过锤炼而自然得不露痕迹，一如元好问在《论诗绝句》中的夸赞："一语天然万古新，豪华落尽见真淳。"

此外，《五柳先生传》《自悼文》等散文别具新意，既模仿北方正统史传的形式和手法，又做了突破与创新。

陶渊明在寻阳庐山下的隐逸与创作，为庐山地区带来了新的文学创作高峰。从会稽文人的欣赏山水到寻阳文人的融入山水、归园田居，是一种生活方式和审美观照的跨越。辛弃疾在《鹧鸪天》中就认为王、谢等高门世族的文学成就比不上身为没落庶族的陶渊明："晚岁躬耕不怨贫，只鸡斗酒聚比邻。都无晋宋之间事，自是羲皇以上人。千载后，百篇存，更无一字不清真。若教王谢诸郎在，未抵柴桑陌上尘。"①

---

① 王新龙.辛弃疾文集［M］.北京：中国戏剧出版社，2009.

陶渊明作品的语言平淡，但这种平淡却能把深厚的感情、丰富的思想用朴素平易的语言表达出来。因此，胡适认为："（陶潜）的意境是哲学家的意境，而他的语言却是民间的语言。"①陶渊明的诗性语言充满纯真、质朴、直透人心的感染力，对追求华丽辞藻、大肆铺排的技术语言而言，具有完全碾压的优势。

三、寻阳文学对后世江南文学的影响

寻阳是中国田园诗最早的摇篮，是我国隐逸文化的代表区域。晋、宋之交的庐山，以慧远为中心，形成了一个由精英僧人组成的隐逸修行团体。而陶渊明则另辟蹊径，选择了躬耕田园的耕读生活。

除了"寻阳三隐"，庐山的隐士群体还有著名的"翟家四世"——翟汤及其儿子翟庄、孙子翟矫、重孙翟法赐，一家四世都隐居于庐山，洁身自好。

东部建康文学中心、会稽文学中心的贵族文人，他们对自然山水、对隐逸生活的感受深度与中部的寻阳文学中心非常不同。据《晋书·王羲之传》描述：

> 顷东游还，修植桑果，今盛敷荣，率诸子，抱弱孙，游观其间，有一味之甘，割而分之，以娱目前。虽植德无殊邈，犹欲教养子孙以敦厚退让。或以轻薄，庶令举策数马，仿佛万石之风。君谓此何如？比遇重熙，去当与安石东游山海，并行田视地利，颐养闲暇。衣食之馀，欲与亲知时共欢宴，虽不能兴言高咏，衔杯引满，语田里所行，故以为抚掌之资，其为得意，可胜言耶！

会稽贵族文人对山水的审美是"游观其间""并行田视地利，颐养闲暇"，物质丰裕之外"与亲知时共欢宴"。这种贵族优游式的欣赏山水，追求精致享乐，而非庐山陶渊明、慧远等人的主动融入自然山川。

---

① 胡适.白话文学史[M].上海：上海古籍出版社，1998：92.

寻阳文学中心崇尚质朴、真淳与闲适的文学风格，对此后江南文学的发展起到重要的导向作用，还有对后世文人安贫乐道、崇尚自然的人格美的塑造，对隐逸主题、田园诗歌的首发开拓，以及陶渊明诗文中平淡自然、淡泊玄远的文学风格。陶渊明平淡的诗风是比华丽诗风更难得的成就，因为它必须先有"有可以华丽而选择不用的能力"作为底蕴。就像刘浚在《杜诗集评》中所说："秀美之至，所谓清新俊逸也。诗不到此地位，终是凡胎。"绚烂之极后终会归于平淡，最高级的美，应该是陶渊明作品一般的本色美。

总之，东晋文学中心的聚散、转移与政局密切相关，君权和士权力量的对比博弈、对人才选拔和任用的实权转移、军事叛乱带来的物理破坏、依靠政权的宗教势力的此消彼长等因素，都能促成文学中心的不断迁移。

当政局稳定时，文学中心多与政治权力的中心重合，或在王室集权时的京师，或在主政权臣的驻地，显示政治对文人的流向、创作都具有主导性的影响。而当门阀士权超越君权时，王、谢、顾、孔、虞等南北大族居住的会稽，又凝聚了当时优秀的文人，在诗文、绘画、书法、音乐、雕塑等领域颇有建树，显示安定宜居的地域环境、世代沿袭的家学传承，对于文艺繁荣的重要性。但随着门阀士族人才的衰弱、君权重用寒门士族力量抗衡士权和庶族军事将领的崛起，以往居于会稽交游、创作，以求"朝望"入仕的道路已不再通畅。谢灵运也不再能走祖上先积累声誉、朝望，再拥有地位较高起官职位的老路。所以，会稽文人中，热衷于创作以博声望功名的蛰伏待诏者开始减少、流失。因桓温幕府文人而形成的江陵文学中心，是政治权力中心向心力的一次反扑，会稽文人出于对个人或家族的利益考虑，或自愿或被迫地流向桓温的幕府。孙恩、卢循借助天师道发动的叛乱持续了12年，不仅严重破坏了会稽的经济与稳定，迫害驱散了大批士族文人，同时也打破了东晋中期佛道双行双修的局面。佛兴道衰的宗教趋势，促成了寻阳地区成为新的一个文学中心。

通过对东晋四处文学中心迁移的分析，可见形成文学中心的首要条件，是当地安定的社会经济环境和宜居的自然地理环境，以便为文学聚会、创作活动提供可能；其次是拥有政治权力中心的向心力，以聚拢当世的优秀文人，奠定文学繁荣的人才基础；而在权力分散、征伐不断的乱世，宗教更易传播流行，对文人创作的文体、题材、风格等方面多有影响，也是文学中心形成的一个动因。

第六章 东晋后期寻阳文学中心

第七章 两晋文学版图演变的文学史意义

西晋的文学中心在洛阳,集结了曹魏、蜀楚、孙吴三个前政权的精英文人。西晋前中期的文人流动,以"南人北上洛阳"为主,也有少部分北人讨伐、出仕、游访江左的现象。至西晋末、永嘉年间,则形成了大规模的北人南迁潮流,江南首次迎来南北文人的大融合。

而东晋一朝,先后形成了建康、会稽、江陵、寻阳四个文学中心,相比较而言,后三者放在整个东晋的时空背景里考察,更类似于亚文学中心——虽然在某一时段里,也曾有超过都城的文学繁荣现象。这四大文学中心里,前两者属于吴越故地、扬州区域、长江下游,后两者属于荆楚故地、荆江区域、长江中游,在东晋版图上分属东、西两方。此外,东、西两地文人的身份悬殊:建康、会稽文人主要为南渡的北方高门和江左本土的世家大族,荆州、江州文人则多为寒门庶族、隐士僧侣等下层士人。正因政局上荆扬相争、地域文化相迥、审美取向不同等诸多因素,东、西文学中心存在显著差异。但东晋文人通过互访赠答、受辟入幕、携命出使等交游活动,使东、西两地密切共享了许多流动的重要文人,促成文学创作上频频的交流互动。因此,东晋文人流动已从西晋末外部的南、北轴向转为东晋内部的东、西轴向。

第一节　五大文学中心的时空演进

从西晋时期洛阳在三国归晋后取得绝对的文学中心地位,到东晋初期建康文学轴心地位的确立以及南北文学重心转移的完成,再到中期会稽、江陵两大文学中心的崛起,又到后期归结于寻阳文学中心的勃兴,可谓是对东晋百年文学版图时空演变的总结。在这五大文学中心中,又可以划分为两个层级:一是西晋洛阳、东晋建康文学中心,皆因依托于首都而具有更强的文学吸引力凝聚力,所不同者,西晋洛阳始终如一,而东晋建康则先强后弱;二是东晋会稽、江陵、寻阳文学中心,皆依托于州级城市,其文学吸引力和凝聚力则因时而变,各不相同。

一、两大都城轴心的时空演进

首先,是西晋洛阳文学中心地位的形成。晋武帝司马炎建立西晋政权的泰始元年(265),国家并未完全统一——三国之中,蜀国已灭而吴国仍存。魏、吴两国在西晋建立后又对峙了14年,直到太康元年(280)晋朝才取得伐吴战争的胜利。在此期间,在洛阳的北方文人也有一些南移的活动:征伐南土、南下省亲、统一后出仕江左等,如杜预、棘据、夏侯湛、张载、嵇含等人。而陆续入洛的南士,也多因刘蜀、孙吴政权的先后灭亡而不得不参与北上出仕的大潮,如谯周、郤正、陆机、陆云、顾荣、盛彦、褚陶、蔡洪、纪瞻、孙惠、顾荣、张翰、薛莹等一大批南人。其中,纪瞻为江南世族代表之一,与顾荣、贺循、闵鸿、薛兼并称南士"五俊"。这批吴亡后北上出仕洛阳的南方士族,有的像顾荣、贺循、孔愉一样,从洛阳返回南方后,又在东晋初期成为司马睿政权重用和招揽的对象,返南文人在提高江左本土士族的政治地位、促进南北文人的融合等方面都起了重要作用。可见,西晋洛阳聚集了三国归晋后主要的优秀文人,当之无愧地成为当时的全国文学中心。

其次,是东晋初期建康文学中心地位的确立。从西晋洛阳文学中心向东晋建康文学中心的转移,直接源于"永嘉南渡"。晋室内讧的"八王之乱"导致了"五胡乱华",并最终引发了永嘉之祸——永嘉五年

（311），匈奴攻陷洛阳、掳走晋怀帝。中原文人在战争与动乱中被迫选择南渡、迁徙江左。葛剑雄在《简明中国移民史》中估算，至南朝大明八年（464），南渡移民总数在200万左右。如此大规模的北人南移，对中原华夏文化的保存无疑起了重要的作用。两晋之际，华夏传统文化未因外族入侵而衰落、毁灭，中原的南渡移民功莫大焉。北方胡人政权称呼梁武帝为"吴儿老翁"，虽敌视，但却不得不承认对方代表华夏文化正宗的地位。隋文帝灭南朝陈室后，保存在南方宫廷的音乐被带回长安演奏，隋文帝听后忍不住赞叹其为华夏正音！此时的建康文人以晋元帝"百六掾"官员为主，兼有南、北士族成员。

然而至咸和二年（327），因苏峻、祖约之乱的浩劫，首都建康顷刻间成为一片废墟。及至咸和四年（329），当温峤、陶侃、庾亮等人合力平叛成功之后，便在当朝重臣之间爆发了一场关于迁都的大争论，温峤请求迁都豫章，三吴豪族请求迁会稽，而王导主张镇之以静，最后力排众议，决定留守建康、重建秩序。尽管与立国之初相比，经历这场浩劫之后的建康作为全国文学版图轴心的地位有所下降和削弱，甚至在战乱期间发生过根本性的动摇和颠覆，但最终东晋一百余年间一直没有迁都，所以建康作为全国政治、经济、文化中心以及文学轴心的地位依然存在，只不过在相对弱化的态势中有更多的文学亚中心另外崛起。

从西晋洛阳文学轴心到东晋建康文学轴心，是中国历史上政治、文化、经济中心的第一次南移，这一次迁徙大大地促进了南北文学的交融，同时也为江左本土的文学发展注入了崭新能量。

二、三大文学亚中心的时空演进

到了东晋中期，会稽文学中心开始崛起。会稽文学中心的兴起是咸和二年（327）苏峻、祖约之乱这一浩劫之后文人向南继续迁徙的直接结果。叛乱的战火毁灭了建康城的建筑，物资奇缺、物价飞涨，导致朝士们一度为是否该向南迁都而产生争论。长期的动乱、战争、灾害等磨难，促使南渡北人迫切需要一块能安定容身的居所。东晋偏安江南后，不少世族由建康南下、购产置业，浙东庄园经济的富庶、秀丽山水的滋润，使得游宴山水风行一时。会稽移民文人纵情山水、赋闲悠游的生活方式，直接催生永和九年（353）三月初三的修禊盛会——兰亭雅集。

到了东晋中后期，江陵文学中心开始异军突起，在桓温驻守江陵的20年之间尤为繁荣——从345年接任荆州刺史到365年移镇姑孰。江陵文学中心的崛起得益于荆州重要的军事镇守地位，也得益于权臣桓温的大开幕府、力征文士。与建康一样，西部江陵文学亚中心虽然前后盛衰有别，但一直延续至东晋末年。东晋一百余年间，刺荆州者21人，除了末年刘裕崛起、以北府和子弟镇荆州外，其余几乎全都是执政门阀——琅琊王氏王廙、王敦、王含、王舒4人10年，接着陶侃镇荆州9年，陶侃死后，颍川庾氏庾亮、庾翼2人占有荆州10年，再之后龙亢桓氏崛起，桓温刺荆州接近20年，桓豁、桓冲、桓石民连续26年，"桓氏世莅荆土"，最终桓玄篡晋，即赖于此。而西部幕府文学的形成，则为东、西部文人的密切交游提供了重要契机、场所与通道，并由此进一步形成贯通东西方向的"文学走廊"。东晋一朝，有东、西部流动经历的文人共47位，其中从西向东流的文人10位、从东向西流的文人37位，尤其集中在王敦、桓温二人任荆州刺史期间。东部文人如此大批量地向西部流动，这也从侧面衬托出荆州作为东晋西大门、半壁军力所驻的重要位置。伴随着政治上"荆扬之争"中西部数次的占据上风，文人向西流的人数、频率也愈趋提高。在权臣与皇室交替胜负的斗争下，东晋文人只能随波逐流、顺应时事，不断地在东、西部间迁徙。

到了东晋后期，寻阳文学中心终于脱颖而出。寻阳与建康、江陵一样，是长江水道上的临江城市，且处于两者地理位置的正中间——既是东、西部文人双向对流的必经之地，也是东、西部文学辐射力的交汇点。寻阳之所以在东晋后期继会稽、江陵之后成为新的文学中心，很大程度上受益于这一得天独厚的地理优势——寻阳文学中心也吸取了上述"南北-东西"文学轴线互动与交融的文学成果，在山水文学的创作上有兼收并蓄的优势。当然，文学中心从会稽、江陵转向寻阳的直接原因，是从隆安三年（399）开始并持续了12年之久的孙恩、卢循之乱。这给会稽地区的门阀士族带来巨大的打击与人口的锐减。如"会稽四姓"之一的孔家，孔严的三个儿子孔道民、孔静民、孔福民，皆被孙恩所害，谢道韫的丈夫王凝之及其子女也在暴乱中全部遇难。文人数量的凋零、叛乱的持久是会稽文学中心衰败的一个直接原因。而与此形成鲜明对比的是，寻阳地区则开始聚集了一批创作颇具特色的隐逸文人：以慧远为首的白莲社、以陶渊明为首的寻阳三隐、以四世隐居庐山为耀的翟家高士。他们在宗教、隐逸、田园等新的题材上，都有数量不少的创作。

这三大文学中心的聚合与离散，与军事叛乱、战火毁城、政局博弈、宗教兴衰、地理位置、自然环境等因素密切相关。正因为这些因素或逼迫或吸引了文人的迁徙、流动，导致了各个文学中心不断上演的繁荣与衰弱。

两晋五大文学中心在时空的演进过程中，还具有以下三点内在的发展逻辑：创作追求从儒家伦理教化转向自然山水审美；创作主体从文学群体走向独特个体；创作重心从外在事物转向文人内心。

（一）从政治走向自然

西晋文学沿袭汉魏以来重视儒家道德伦理教化的传统，一方面推崇华丽繁缛的文学风格，一方面又开始从家国社稷的关注转向对个体人生、命运的思考。不同于西晋文学的"忧生"主题，东晋文学盛行对"自然"的审美，玄言诗、山水诗、田园诗先后兴起，这也是南北文人对生活方式、人生出路的一种不同的思考与探索。虽然东晋的南迁北人在政治、军事、文化等方面始终占据主导地位，但江左本土秀丽的山水风光、对巫术鬼神的传统信仰、深情感性的表达方式、精致细腻和去功利化的审美追求等特点，都在潜移默化地熏陶、改变着南迁士人及其后代移民。

江南士人保留南渡玄风的审美关照，用一种诗意的审美心态去悠游南方山水，去面对人生琐碎枯燥的日常生活、一切不幸的遭遇与磨难。在对自然山川河流的登临、游览中，找到心灵寄托并忠诚于内心的自我，这是江南文人追求"诗意地栖居"、与山水融合相处的本质。如今，"秀丽山水"等字眼总令人联想到"江南"，在审美上，人们关联出的感受也总是闲适自然、清新脱俗、细腻雅致等字眼。

东晋的南方文学因为重"山水"、重"愉悦"的审美导向，因此任其自由发展时容易走向南朝时过度的沉溺与堕落。而北方文学重视政治伦理教化、遵从礼乐秩序的约束，能促进文学内容与风格的崇高与典雅。

南北文学的融合与互补,是此后隋唐文学兴盛的重要基础。

李正爱对江南鱼稻文化与诗性精神做过精辟的对比分析:"北方黄河文明选择了政治—伦理为其生活理念模式;建立在鱼稻文化基础上的江南则选择了审美—诗性作为它的生活理念模式。这种有着江南特色的思维习惯和生活习惯,形成独特江南文化气息的一种审美—诗性文化。"①的确,江南的诗性人文精神与齐鲁的伦理人文精神既充满对立又能完全互补。文学创作的目的从政治伦理功能不断向山水自然审美转变。

(二)从群体走向个体

文学功用从"政治教化"转向个人"性情抒发"与"审美愉悦",这一特点还催生了文学创作主体从群体到个体的蜕变。北方文学的创作重视文坛主流风向,士人的审美偏好也较为趋同。加之文人交游密切,也容易盛行文学团体,从曹魏时期的"竹林七贤"到西晋的"二十四友",文人群体的创作内容、文风特点都多有相似之处。但到了南渡后的东晋,文人群体开始重视个体的独特性情、不同的审美感受与追求。

这一点尤其凸显在民间乐府的功用上——从此前的移风易俗到如今的愉悦性情。汉乐府最初"立乐府而采歌谣",通过乐府机关采集、加工各地歌曲,实现观察各地民情,并加以"移风易俗"地引导的目的。但到了魏晋以后,"声""辞"逐渐开始分离,乐府作品的"诗"的文学意义受到重视,开始脱离乐曲、音乐而独立存在。伴随着东晋文学脱离政治功用,更加重视个人抒情表达与审美愉悦的风气,但过度地追求情色享乐、绮丽辞藻,也为南朝的宫体诗做出了不良的开端。

此外,东晋志怪小说也风靡盛行,如干宝《搜神记》、陶渊明《搜神后记》、王嘉《拾遗记》、荀氏《灵鬼志》等。这批大谈鬼神怪异、人神幻恋的志怪小说,往往在虚构的情节中弥补现实生活中无法实现的心理愿望,比如对婚宦两得意的想象与追求。江左本土中,顾荣、贺循、沈充、周处、周兴、杨方、虞喜、任旭、罗含、顾恺之等一大批优秀士人,都曾在东晋出任要职,与南迁的高门子弟有密切深入的交游来往。不同

---

① 李正爱.江南鱼稻文化与江南诗性精神[J].江苏大学学报,2005(1).

于北方中原有道德伦理、政治功名上的约束，东晋文人开始畅快淋漓地抒发个人的真实个性、不再掩饰内心的真实感受；不同于西晋文风的绮靡华丽，东晋文人追求玄远淡泊；不同于西晋文人汲汲于建功立业，东晋多数文人已经自愿或无奈地放弃利禄，开始享受纯真自适、超凡脱俗、悠游自然的庄园生活。

可以说，文学创作主体从文学群体转向文人个体、重视个人独特的性情与审美，是造成东晋文学、艺术大繁荣的一个重要基础，而南北文学的第一次大交融也有充分的互补性：北方文化的向上与崇高弥补了南方文化追求个性与愉悦可能带来的堕落。

（三）从外在走向内在

西晋文学的"忧生"主题，通常是透过政局动乱、亲友离合、贫病交困等外部窘境进行气氛渲染与情感抒发。到了东晋，虽然玄言诗、山水诗、田园诗也是借助山川、自然等外在事物为描写对象，但诗文的内核却更倾向于对作者内在心境、情境的表达，并且这种表达还带有玄学或佛学的审美观照，带有文人个体内在哲思的色彩。南方文学一直擅长对个人私情的抒发，从春秋时期的越王勾践开始，就有追求淋漓尽致、缠绵悱恻的文艺审美倾向。南方的本土民间文学也有强烈的情绪感染力，如《晋书·五行志中》："穆帝升平中，童儿辈忽歌于道曰《阿子闻》，曲终辄云'阿子汝闻不'？无几而帝崩，太后哭之曰：'阿子汝闻不？'"阿子是吴与方言，对孩童的昵称，儿童所唱的歌谣能勾起太后怀念亡子的悲恸情绪，可见歌谣高超的引人共鸣的能力。

如前所述，东晋文学的功能不再以政治依附、道德教化为导向，这也帮助了他们挣脱束缚、勇于抒发自己内在的真性情。而文学趋于去功利化、纯粹化的同时，也更凸显出东晋名士的风流、高洁的内在人格。顾恺之为许多东晋名士做了人物肖像画，而非像在北方时的画家一样，只创作圣人、帝王的画像，由此管中窥豹，可见北方自汉代以来，宣扬礼教为主的风气，在东晋的文人觉醒与艺术追求之前，开始退居其次。

《世说新语》中也有大量脱离、违背礼教、纲常，却被称赞为任真率性的言行。模拟南方民间乐府而作的艳情诗歌、符合江南愉悦审美取向的人神幻恋小说,都体现了江左文学对"内在性情"的重视和对"外在伦理"的突破。

东晋文人还拥有玄远脱俗的独特内在风度。魏晋风度发展到东晋和永和时期,兰亭雅集的士人开始平和地寄情山水,不做阮籍的放荡佯狂,转而开始追求宁静忘我、冲淡平和的心态与意境。晋人对人格、风度的品评讲求超凡脱俗、冲淡玄远,拥有气质神韵,又不被物质所束缚的自由灵性,类似嵇康"目送归鸿,手挥五弦"所描绘的意境,在南方的文化土壤上,对情感观照和表达十分自由率真的传统。因为"纯真"和"不受约束、自由表达",所以才显得"一往情深",这种"深情"的审美很高贵凌厉,极具情绪感染力。后世对魏晋风流名士的艳羡,很大程度上来源于这种"深情与唯美",本质上也是期望摆脱屈心抑志、忠实于内心的生活,追求情感的真实自由与审美的本性愉悦。

东晋文人对内在和真实自我的重视,一如宗白华在《美学散步》中所说,"晋人向外发现了自然、向内发现了自己的深情。山水虚灵化了,也情致化了"。他们观照自然、移情山水,用强大的审美力量瓦解理性的过度束缚,用玄佛思想来冲淡和化解生存的焦虑。正如钱谷融在著名的《论"文学是人学"》一文中指出:"最基本的推动力,就是改善人性、把人类生活提高到至善至美的境界的那种热切的向往和崇高的理想。如果没有这点精神,文学就仅存形体(或许是美的形体),而没有多少吸引人、感染人的魅力了。"①

总之,从西晋洛阳文学中心强化的"忧生"时代主题,到东晋初期建康"中兴"与"玄谈"并存的文学主题,再到东晋中期会稽先后兴起"玄言"与"山水"文学主题,又到东晋中后期江陵"山水"与"嗟时"的多重文学主题,最后归结于东晋后期寻阳"田园"与"禅理"文学主题的二重组合与变奏,对这一过程的梳理,可以更完整地还原和建构出两晋文学版图时空演进的内在逻辑。

---

① 钱谷融.论"文学是人学"[J].文艺月报,1957(5).

第二节 两大文学轴线的相互交融

纬度在高低（即南北方向上）的不同，会造成气候、地理环境的巨大不同。南、北地域在农作物、畜牧、饮食、文化上的差异一般都比东、西方向上的大，正如《晏子春秋·内篇杂下》所说："橘生淮南则为橘，生于淮北则为枳，叶徒相似，其实味不同。所以然者何？水土异也。"以东、西向为轴的欧亚大陆与以南、北向为轴的北美洲、非洲等地相比，在经济、文化发展和交流上拥有巨大优势，贯通欧亚大陆的丝绸之路也得益于欧亚板块在地形上的东、西走向。但南、北向的北美洲，南方的植物不能引进到北方，北方的家畜不能繁殖到南方，在文明的交流推广与融合上就存在地理阻碍的困难。因此，历史上多是东、西轴向板块文明比南、北走向板块文明更为先进。

在中国历史上，南、北文化的差异也显然比东、西部文化差异更显著。东晋南、北文化的源头可以分别追溯到：中原的周文化与南方的吴越、荆楚文化。其中，周文化以"礼乐"为核心："礼"主区别，分清尊卑次序；"乐"主和合，融洽群体关系。也就是在区别尊卑的同时，又要兼顾和谐君臣、父子、夫妇等人伦关系，从而追求一个平衡和谐的社会。以孔子为代表的儒家学派，推崇、继承了周文化的礼乐文明，并进一步推行礼制约束、伦理教化、和合中正的价值观。出于维护国家、宗族的和谐有序和封建宗法制度的需要，北方文化主张"克己复礼"，崇尚"温柔敦厚"的诗教观，追求"乐而不淫、哀而不伤"的中庸、平和之美。

南方的吴越、荆楚文化则长期崇奉鬼神，有原始的巫鬼文化的浓厚残留。鬼神信仰和巫风使得南方的文化、艺术充满了奇幻、想象、活力、瑰丽、浪漫、奔放等特点。它们的器皿、舞蹈、装饰、音乐、文学等作品，都有绚丽奔放、瑰丽活泼的特点，因为这些事物一开始是为了供奉、愉悦鬼神而设，后来又渐渐演变为取悦贵族和平民，故南方的审美带有享乐的倾向，主张顺应人性本原的需求。因此，北方倾向于集体主义价值观，更多考虑家国整体的利益需要；南方倾向于个人主义价值观，更多考虑个体需要与个性追求。相比北方文化以国家、宗族等"公"领域

的利益为导向,南方文化明显倾向个人本性的"私"领域,在情感表达上率真奔放、自由活泼。比如越国春秋时期的民歌《越人歌》:

今夕何夕兮,搴舟中流。今日何日兮,得与王子同舟。蒙羞被好兮,不訾诟耻。心几顽而不绝兮,得知王子。山有木兮木有枝,心悦君兮君不知。(选自《先秦汉魏晋南北朝诗》)

当时的吴楚百姓,都自然率真、善于讴歌。越人船夫也敢对楚国令尹子皙如此直白地倾诉自己的爱慕。而宋玉的《高唐赋》中,也有主动向楚王"愿荐枕席"的巫山神女。这些情感的表达都十分自由奔放,率性自然。

因为相比中原礼制束缚的压抑,南方更喜爱个人真实性情的表达与释放。《吕氏春秋·遇合篇》曾记载:"客有以吹籁见越王者,羽、角、宫、征、商不谬,越王不善,为野音而反善之。""野音"是指越族本土的特色音乐,较久远的有黄帝时代的《弹歌》、大禹时期的涂山女《候人歌》,而在勾践时期的本土越歌,则在《吴越春秋》中多有记载:离越入吴时的《越王夫人之歌》、为向吴王纳贡而劳作的《采葛妇之歌》、灭吴后庆功宴上的《乐师之歌》……这些越歌的特点是情意缠绵、真挚细腻,并且都是有感而发的即兴之作,不受中原礼教的约束和影响。越王勾践正是喜好这种深情款款、缠绵悱恻的本土通俗音乐,对中原的雅乐毫无兴趣。"声依永,律和声,八音克谐,无相夺伦,神人以和",这种中原古乐连北方的魏文侯也听得昏昏欲睡,无怪乎越王听后不善。至于楚国音乐,庄子曾描述"黄帝张于洞庭之野的咸池之乐"的场景,使听者先后有"惧""怠""惑""愚"之感,可见也十分富于冲击力、感染力。

南北文化的这种审美差异,正如楚地道家文化是中原儒家文化的对立与互补[①],反而促使文学发展充满了融合的活力。以汉代赋体的发展来说,汉代"五大赋家"中,司马相如、扬雄、王褒都是今属四川的楚人,深受南方文化浸染,他们继承屈宋的骚体赋,篇幅漫长、铺张扬厉、风

---

① 道家学派发源于南方楚文化区,道家学说深受其影响,参见黄钊.论楚文化对道教文化的深刻影响[J].湖北社会科学,2011(3):183–186.

格瑰丽，符合南方文艺的传统和审美。但到了"五大赋家"的班固和张衡，分别出自陕西、河南等北方中原地区的他们，就对此前的汉赋进行了改造：不再追求"露才扬己"与张扬个性，以前艰深繁复的赋中词汇变得自然通畅，铺排的篇幅形制被缩短，从体物为主的铺排大赋改向典雅、清新的抒情小赋发展。楚辞就这样被汉代的中原文人所诗化，以便更符合中原文人典雅、中和的审美取向。作为始于南方的赋体，被杨雄晚年称为"童子雕虫篆刻""壮夫不为"的辞赋才得以进入中原文学的主流。

除了赋体，北方文学也吸收、改造了南方的诗歌。建立汉朝的刘邦及其谋臣官僚集团多数来自于安徽、江苏等南方地区、楚国故地，因此立国后也将楚文化、文学带入中原，促进了南北文化的交融。楚地民歌是中原五言诗、七言诗的源头之一，刘邦的《大风歌》、项羽的《垓下歌》、汉武帝《秋风辞》就属于典型的楚歌[①]。而后世文学中的游仙、山水、纪行、秋思、人神恋等许多题材都由南方屈原、宋玉等楚人开创，鲁迅甚至称赞屈原对中国文学的影响超过《诗经》[②]。

概括来说，本书认为南北方文化、文学差异的主要根源在于：北方中原文化的源头是以"礼乐文明"为核心的周文化，在区别尊卑的同时追求和谐君臣、父子、夫妇等人伦关系的和谐，因此，北方文化的审美要求自然是平和、中庸、和谐；而南方的楚文化、吴越文化都有浓重的巫文化残留，鬼神信仰和巫风使得南方文化、艺术充满了奇幻自由的想象与瑰丽奇特的浪漫。南方的审美因此也偏向于"愉悦审美"，它更顺应人性本原的追求，较少受北方儒家礼教的束缚。

除了理性与感性、约束与奔放的区别外，不同于北方以士族文人为主的精英文学，南方还同时盛行着民间通俗文学，吴楚文学的活力都源于民间歌谣、民间传说。前文提及先秦的楚歌、后来六朝时的吴歌西曲，都曾被文人吸收、雅化、发展到一个新高度，是民间文学反哺精英文学的例子。还有六朝志怪小说中遇仙遇怪情节，大多都能得到美食饱腹、

---

① 楚歌：古代楚地的汉族民歌，秦末汉初为其发展的鼎盛期。形式上不同于中原的四言体，多在隔句末尾缀以"思"或"兮"字。后为屈原吸收、改造为参差错落的骚体诗。

② 详见鲁迅《汉文学史纲要》："其影响后来之文章，乃甚或在三百篇以上。"

佳眷洞房、仕途提携的美艳待遇，这种故事情节反复出现、经久不衰，是因为它对底层文人、民众有一种心理补偿作用，现实中无法实现的愿望与理想可以在文学阅读中得到满足。这种突如其来的艳遇情节，不需要主人公承担任何社会责任与道德舆论的包袱，并且还伴随着金钱与仕途上平白无故的帮助，这种价值观与愿望只有在"愉悦审美"导向的南方才能更盛行。北方的士大夫，他们的精英身份决定了其创作必须跟政治、行政、家国利益密切相关，自然也会主张抵御食色诱惑、恪守名教礼法，但这种保守的价值观也有其好处：阻止了南方愉悦审美文学向过分艳俗、堕落的一面发展。北方倾向的集体主义价值观，更多考虑国家、宗族整体的利益，能引导文学向雅正、崇高、有益教化的方向发展。可见，南北文化、文学拥有对立、互补的基础和客观需要。《全上古三代秦汉三国六朝立》中录，梁武帝萧纲告诫儿子："立身之道，与文章异：立身先须谨重，文章且须放荡。"这里的放荡是指任意自由、随性无约束，这其实也可以视为是北方文化伦理约束与南方文化愉悦审美取向的融合与兼顾。

一、"南-北"方向文学轴线

元帝司马睿于建武元年（317）在建康登基，标志着两晋文学版图完成了从北方洛阳到江南建康的重心转移以及"南-北"文学轴线的正式确立。根据葛剑雄《中国移民史》的考述，这一"南-北"文学轴线大致以长江为界限，并在永嘉南渡的移民群体中形成东、中、西三条支线。其中，东线以淮河及其支流汝、颍、沙、睢、汴、泗、沂、沭等水和沟通江淮的邗沟构成主要水路，辅之以各水间陆路。西线则由穿越秦岭的栈道进入汉中盆地，继续南迁者循剑阁道南下蜀地，或部分利用嘉陵江水路，定居于沿线和成都平原①。但更多北人则是沿着东线南下：由邗沟南下广陵、过江至京口，而聚居于江南——晋宗室贵族、文武百官、世家大族多数经由此线抵达建康②。《晋书·王导传》中称"中州士女避乱江

---

① 葛剑雄.中国移民史：2卷［M］.福州：福建人民出版社，1997：340.
② 葛剑雄.对南渡北人移民路线的考述//葛剑雄.中国移民史：第2卷［M］.福州：福建人民出版社，1997：388-340.

左者十六七",所指的也是这条东线。可见,在两晋文人流动的"南-北"轴线中,东线是最为重要的主干线。据陈寅恪《晋代人口流动及其影响》的考述,从甘肃、陕西、河南西部一带南渡的文人,本身在西晋朝中的地位便属于中下层,他们就近南渡到长江中上游,尤其是襄阳与江陵(荆州城)两地;而西晋末南渡的王公贵族、高级门阀,则更多聚居于长江下游的建康及附近州郡,在苏峻之乱后也有部分继续南迁到更安定的会稽郡①。

建康文学轴心地位的确立标志着南北文学轴线的形成。两晋文人流动的主线方向,从西晋到东晋初期,一直是跨越长江的"南-北"轴向。西晋永嘉五年(311),匈奴攻陷洛阳、劫走晋怀帝,大批文人死于五胡乱华以及晋室政权的内斗,中原地区的人们被迫开始大规模地南渡逃亡。南亡的高门世族文人大多聚集在都城建康及其附近的丹阳郡。

从元帝建武元年(317)建都建康开始,两晋文学版图完成了从北方洛阳到江南建康的重心转移以及"南-北"文学轴线的正式确立。由于建康的首都地位以及士族文人群体的密集聚集,因而被赋予了统摄东晋全国文学版图的轴心地位。

然而至咸和二年(327),因为苏峻、祖约之乱的浩劫,首都建康顷刻间成为一片废墟。及至咸和四年(329),当温峤、陶侃、庾亮等人合力平叛成功之后,便在当朝重臣之间爆发了一场关于迁都的大争论,温峤请求迁都豫章,三吴豪族请求迁会稽,而王导主张镇之以静,最后力排众议,决定留守建康、重建秩序。尽管与立国之初相比,经历这场浩劫之后的建康作为全国文学版图轴心地位有所下降和削弱,甚至在战乱其间发生根本性的动摇和颠覆,但终东晋一百余年间一直没有迁都,所以建康作为全国政治、经济、文化中心以及文学轴心的地位依然存在,只不过在相对弱化的态势中而有更多的文学亚中心的崛起。

尤其是会稽文学中心,在苏峻之乱后加速崛起,成为南渡士族与江左士族交游、共处的重要场所,同时,会稽文学中心也是此前"南-北"文学轴线的向南推动与延伸。

---

① 陈寅恪. 晋代人口流动及其影响对南渡北人聚集区域、阶层特征的考论[M]//金明馆丛稿初编. 三联书店,2009:106-115.

在东晋北人的南化过程中，比较关键的代表性群体是东晋中后期聚居会稽的兰亭雅集文人与位于西楚荆州的桓温幕府文人。他们与江南本土世族开始缔结姻亲，打破在东晋初期南、北世族互相不屑于与对方通婚的现象。北人也有开始模拟、创作带有江南乐府色彩的艳情诗歌。

经此后南朝宋、齐、梁、陈四代的发展，南北文化得到更深度的交融，南方江南文学快速发展，逐渐超越北方的中原文学。总之，永嘉时期中原移民的南渡，是影响中国历史进程的大事件。它不仅是人口的大迁徙，更是文化的大迁徙。它客观上推动了中原文化的传播，促进了南北方文化的交流与融合，改变了中国文化演进的空间格局，同时也开启了江南开发的序幕，对六朝江南的文学发展影响至深。

二、"东-西"方向文学轴线

如前文曾述，实际上《晋书》有多处所载当时文人存在东、西部的地域观念——庾亮、温峤等名臣将江州上游称为"西土""西陲"，而将前往江州下游的建康、会稽等地称为"东下""东归"，故东、西部的地理概念与划分早在东晋当时即已存在。但鉴于伴随"荆扬之争"而形成的"东-西"文学轴线，在学界长期以来被不同程度地忽视，的确需要以此放诸整个东晋文学版图的多重关联中加以重新审视。

东晋时期的东-西"文学走廊"，东起扬州治所兼首都建康，西迄荆州治所江陵，既是借助长江水道地理优势与"荆扬之争"历史机遇双重支撑的产物，同时也是两晋易代迁都之后中国南北文学中心历史性转换的结果，在建构建康-江陵两大文学中心以及重构整个东晋文学版图中发挥了至为重要的作用。

东晋一百余年间，刺荆州者21人，除了末年刘裕崛起，以北府和子弟镇荆州外，几乎全都是执政门阀，但其最盛时期无疑是在东晋中期的20年间——即始于永和元年（345）桓温出任荆州刺史，终于兴宁三年（365）其从江陵移镇姑孰。据余知古《渚宫旧事》卷五载："温在镇三十年，参佐习凿齿、袁宏、谢安、王坦之、孙盛、孟嘉、王珣、罗友、郗超、伏滔、谢奕、顾恺之、王子猷、谢玄、罗含、范汪、郝隆、车胤、韩康等、皆海内奇士、伏知其人。"①可见当时桓温幕府人才之盛，桓温与诸多幕僚互动频繁，经常举办各种宴饮集会，并创作各种"应制之作"，于是以桓温为核心形成了一个幕府文人集团②。西部幕府文学的形成与延续的意义，不仅仅在于在西部另辟了一个新的文学中心，而在于为东、西部文人的密切交游提供了重要契机、场所与通道，并由此形成贯通东西的"文学走廊"，此与基于建康文学轴心的北人南迁路线一同构成完整的南北-东西双重文学轴线。

再看东-西部文学形态的异趋与交融。比较一下东-西两大中心的主流文学形态，彼此时有分合，互有异同。从文化渊源上看，东、西两大中心分属于吴越文化和荆楚文化之故地，虽然楚、越文化相比南、北文化的差异更小，而且楚文化曾一度南进，并在江南区域留下了不同的烙印，但两地在地域习俗、风土人情、审美习性等方面仍存在明显的区别。无论是东部"士族文学"还是西部"寒门文学"，在创作主体上都具有内在的二元性，因而在文学主旨与形态上也就具有了内在的相融性。当然，这更多的是由于同处于长江流域以及借助这一"文学走廊"相互交融的结果，以体现传统文人"入世"与"出世"双重情结的"济世-山水"两大主题为例。所谓"山水方滋，老庄告退"，不能简单理解为老庄玄学与山水文学两者演变的阶段性，而更应看到"玄学-山水"之间的内在关联性。关于"济世"与"山水"主题，同样也在东、西两大文学中心得到了鲜明的表现，但彼此的演进路向与内在意涵有所不同。西部为带有游记、地志元素的山水文学，不同于东部带有玄学色彩的山水文学。然而由玄学清谈之风浸染于诗歌领域而产生玄言诗，又由玄言诗进而蜕变为山水诗，其内在契机则是从建康文学轴心向会稽文学亚中心的延伸和拓展，或者说正是会稽特定地域环境一同孕育和催生了具有天然渊源关系的玄言诗与山水诗。西部文人擅长的"山水诗化"，不同于东部文人惯用的"山水玄化"，前者摆脱了玄学的束缚而回归和凸显山水的诗意境界，而后者则因为玄学的内化而多了一份玄远的雅致与隽永的意蕴，彼此各

---

① 余知古.渚宫旧事[M].北京：商务印书馆，1936：54.
② 韩文娟.桓温研究——以与文人的交游及其创作为中心[D].济南：山东师范大学，2014.

有独立存在的价值，但又相互影响，相互吸取，一同为东晋山水文学的成长与兴盛做出了重要贡献。

会稽与荆州文学中心的互动，则是对建康—荆州这一"东-西"文学轴线的拓展。会稽文学中心兴起于东晋中期，是咸和二年（327）苏峻、祖约之乱浩劫之后向南推移的结果。偏安江南的稳定、庄园经济的富庶、秀丽山水的滋润，使得游宴山水成为会稽移民士族文人赋闲的一种生活方式，故而不难理解永和九年（353）三月初三的修禊盛会发生于会稽兰亭，而玄言诗与山水诗亦相继兴盛于会稽郡。在桓温任职荆州之际，除了与东部的清谈名士刘惔、殷浩、王羲之等人都有直接或书信的来往之外，还强行征辟了谢安、王坦之等东部名流，迫使他们西游、出仕荆州。会稽文学亚中心地位确定的意义在于：由建康而会稽是对东晋固有南北文学轴线的拓展；由建康、会稽而江陵则是对东晋固有东西文学轴线的拓展。

寻阳文学中心的形成与兴盛，则是"南北-东西"两条文学轴线交融的结果。寻阳与建康、江陵一样，是长江水道上的临江城市，且处于两者地理位置的正中间——既是东、西部文人双向对流的必经之地，也是东、西部文学辐射力的交汇点。寻阳之所以在东晋后期继会稽、江陵之后成为新的文学亚中心，很大程度上受益于这一得天独厚的地理优势。同时，寻阳文学中心也吸取了上述"南北-东西"文学轴线互动与交融的文学成果，在山水、田园诗文的创作上有集大成的发展趋向与优势。

第三节 双重原型空间的深远影响

对应两晋文学的版图来看，"会稽-山水""寻阳-田园"这双重原型空间首先存在着隐喻性，即具有"土地情结"与"自由精神"的双重象征意义。"土地情结"类似于美国人本地理学家创始人段义孚提出的"恋地情结"："'恋地情结'是一个新词，可被宽广地定义为包含了所有人类与物质环境的情感纽带。……这种反应也许是触觉上的，感觉到空气、流水、土地时的乐趣。更持久却不容易表达的感情是一个人对某地的感情，因为这里是家乡，是记忆中的场所，是谋生方式的所在。"①""'恋地情结'的表现方式很多，情感反映范围和强度有很大区别"②，主要体现在三个方面：一是审美反应，二是触觉上的快乐，三是家园感③。而"自由精神"则集中体现为"山水""田园"作为远离庙堂功利、尘世喧嚣的理想之所，是文人追求独立人格与自由精神的空间象征。比如王羲之在著名的《兰亭集序》中所言："仰观宇宙之大，俯察品类之盛，所以游目骋怀，足以极视听之娱，信可乐也"，这种独立人格与自由精神只能在如此富有纯粹性与诗意化的"山水""田园"中得到深切的寄托和巧妙的呈现。

其次，"会稽–山水""寻阳–田园"双重原型空间存在景观性。"景观"作为文化地理学的一个重要概念，被迈克·克朗的《文化地理学》赋予了新的意义："将地理景观看作一个价值观念的象征系统，而社会就是建构在这个价值观念之上的。从这个意义上说，考察地理景观就是解读阐释人的价值观念的文本。"④并将"文化地理景观"运用到文学地理学领域，提出"文学景观地理"的新概念。而东晋的"山水""田园"作为一种文学景观，存在着独特的观赏性——因为被东晋士人赋予了各种精神的寄托与心境呈现。陶渊明的《饮酒（其五）》就是这方面的典型。

再次，是"会稽–山水""寻阳–田园"双重原型空间存在审美性。一方面，"会稽–山水"原型空间经历了从玄言诗向山水诗的演变——"玄学–山水"的"山水玄化"，同时又吸取了江陵文学中心"地志–山水"的"山水诗化"，将两者融铸成相对成熟的山水文学，最后走向寻阳文学中心，由慧远僧众在兼取"山水玄化"与"山水诗化"的交融中另行融入佛理与禅趣——主要见之于其《庐山东林杂诗》《奉和慧远游庐山诗》《庐山记》《游山记》等山水诗文，并由慧远信徒宗炳用"神畅"说、"澄

---

① 约·瑟帕玛.环境之美[M].武小西，译.长沙：湖南科技出版社，2006：196.
② Tuan Y F. Topophilia: A Study of Environmental Perception, Attitudes and Values, Englewood Cliffs, New Jersey: Prentice-hall, Ine, 1974, 93.
③ 宋秀葵.段义孚人文主义地理学生态文化思想研究[D].济南：山东大学，2011.
④ 迈克·克朗.文化地理学[M].杨淑华，宋慧敏，译.南京：南京大学出版社，2005：25.

怀观道，卧以游之"①"栖形感类，理入影迹""（山水）以形媚道""万趣融其神思"等论对中国画"以形写神"理论做了有力提升，同时也开启了后代山水诗画合一的先声，我们不难从唐代王维、孟浩然等山水文学的后继者中找到对慧远、宗炳等人的深远回响。另一方面，"寻阳-田园"原型空间也同样是在吸收"山水玄化""山水诗化"及佛理、禅趣的基础上进行崭新创造——陶渊明将此前文人偶尔登临、游览山水的赋闲方式直接转化为躬耕田园的日常生活，从偶尔感悟自然的玄远意境走向直接置身于田园风景的个人生活。

最后，是"会稽-山水""寻阳-田园"双重原型空间存在再生性。"山水""田园"本身在文学上就是一个开放的空间与意象系统，可以被文人不断地重新描绘、重新阐释与重新定义。由此直贯唐宋以后的山水、田园诗脉，可谓经久不衰、历久弥新。

一、会稽——"山水文学"原型空间的影响

每当人们联想到"江南"会稽的山水与生活时，总会浮想出"秀丽、典雅、诗意、闲适"等字眼，而"铁马秋风塞北，杏花春雨江南"也已经成为人们描绘边塞漠北和秀丽江南的代表意象。这一切的形成，都离不开东晋、南朝会稽文学中心的山水诗创作。会稽，因为秀美的山水风光、温山软水的宜居环境，成为"江南"风光的典型代表。故会稽汇聚了东晋琅琊王氏、陈郡谢氏、会稽虞氏等门阀子弟，他们在出仕前或归隐后，热衷于登览会稽山水、游宴山川形胜、举办兰亭雅集等活动，大大促进了从玄言诗创作向山水诗创作的转变。山水题材最早就是在东汉末年避祸隐居的士人中受到重视，而东晋前期的会稽风景秀丽、经济富足、社会稳定，十分符合士族子弟隐居与悠游的需要。

诚然，山水诗创作在南朝刘宋时才真正达到繁荣，但东晋谢混、王献之及其他兰亭诗人，已经开始致力于从玄言诗到山水诗的创作转变。典型如孙绰《兰亭诗》之"流风拂枉渚，停云荫九皋。莺语吟修竹，游鳞戏澜涛"，谢混《游西池》之"惠风荡繁囿，白云屯曾阿。景昃鸣禽

---

① 张彦远.画山水序//历代名画记［M］.杭州：浙江人民美术出版社，2011：103.

集,水木湛清华"。而由东晋入刘宋的谢灵运则正式创立了山水诗派,他出生于会稽始宁(今上虞),并深受族叔谢混的喜爱——年少时在建康乌衣巷中,跟着族叔谢混及其他族兄弟举行文酒赏会,促进彼此文才的提高。会稽始宁庄园优渥、秀美的成长环境,与门阀家族深厚的家学传承一起,培养了谢灵运出众的诗文创作能力。

谢灵运的山水诗手法细腻、语言富丽、刻画生动,以其代表作《登池上楼》为例:

> 潜虬媚幽姿,飞鸿响远音。薄霄愧云浮,栖川怍渊沉。进德智所拙,退耕力不任。徇禄反穷海,卧疴对空林。衾枕昧节候,褰开暂窥临。倾耳聆波澜,举目眺岖嵚。初景革绪风,新阳改故阴。池塘生春草,园柳变鸣禽。祁祁伤豳歌,萋萋感楚吟。索居易永久,离群难处心。持操岂独古,无闷征在今。

谢灵运当时被从京城建康外放到永嘉任职,仕途失意加疾病在身,心情十分抑郁。及次年初春登楼观景,满目春色、草木生机给他带来了意外的惊喜与感慨。其中,描写春色的"池塘生春草,园柳变鸣禽"尤被后人津津称道,看似随意、没有精工细造的雕刻,似乎平淡无奇,却又像神来之笔。池塘周围原本在冬季枯萎的小草,因为春季来临而生长得充满生机,园柳枝上不知何时已经有鸟儿在鸣叫,这些生命在初春焕发生机的改变来得十分突然,也令人倍感欣喜。谢灵运《游南亭》《登庐山绝顶望诸峤》《雁荡山》《游岭门山》等其他山水诗作,也有这种富丽清新的特点,其诗惯用山、水、草、木、石等自然景物,客观写实,用细腻生动的笔法,显得自然风物脉脉含情,似通人性。专注于将山水描绘作为诗歌主要的创作对象,并且寓情于景,这是谢灵运山水诗的一大贡献,也深深影响了后来的孟浩然、王维、储光羲、柳宗元等人。

孟浩然是唐代最先大量创作山水田园诗的文人,虽为湖北襄阳人,却漫游吴越、穷极山水,其山水诗自然也多写自己游历各地所见的山水风光,并与谢灵运一样,注意在山水刻画中融入自己创作当时的生活感受,尤其是思乡、不得志等方面的感怀,如《宿建德江》《临洞庭湖赠张丞相》《江上思归》等。但孟浩然的山水诗较谢灵运显得更为平淡质朴，语言及形式上并不如后者作品那么繁复。如《万山潭作》："垂钓坐磐石，水清心亦闲。鱼行潭树下，猿挂岛藤间。游女昔解佩，传闻于此山。求之不可得，沿月棹歌还。"通俗易懂，不事雕琢，读来清新自然。

而王维比起孟浩然，则更多地继承了谢灵运山水诗细腻精工的一面，他在融合诗情、画意的同时，还直接融入了禅宗佛理，推动了山水诗的一次重大发展。先看王维的两篇山水诗歌：

木末芙蓉花，山中发红萼。涧户寂无人，纷纷开且落。（《辛夷坞》）独坐悲双鬓，空堂欲二更。雨中山果落，灯下草虫鸣。白发终难变，黄金不可成。欲知除老病，唯有学无生。（选自《全唐诗》之《秋夜独坐》）

空山之中自开自落、无人知晓的辛夷花，正如某些时候的人生一样，虽无人注目，却也无须观赏，顺应自然地盛放自我、花开花落。而《秋夜独坐》中更是直接出现了"无生"这一佛教语，"无生"指不生不灭。秋天雨夜时一人独坐，深夜中思考人生老病之苦，最后视自己信奉的佛理为解脱之道：万物有生老病死之苦，唯有自然永存，短暂的人生想获得解脱，只有去追求佛理中的"无生"境界。王维《终南别业》也是内蕴佛理的一则山水诗作："中岁颇好道，晚家南山陲。兴来每独往，胜事空自知。行到水穷处，坐看云起时。偶然值林叟，谈笑无还期。"水穷处、云起时的话语，主要讲究无心的超脱状态，凸显诗人追求佛家淡泊自适、无忧无虑的心境。语言清新明快，而寄寓的追求又引人遐想。山水诗在谢灵运、孟浩然等人手中可以借景抒情，但在王维这里，进一步发展为可用作寄托佛学哲理、表达人生旨趣，这是其一大突出的贡献。

唐代佛道思想的进一步流行，道家崇尚自然和佛家净心明性的追求，都为诗歌创作提供了重要的审美铺垫，促使诗人们进一步向个人内心去追求精神满足与人生寄托。因此，山水诗中向往自然、追求超脱旷达和自我独立的心态与审美开始不断被强化。比如储光羲《咏山泉》："山中有流水，借问不知名。映地为天色，飞空作雨声。转来深涧满，分出小池平。恬淡无人见，年年长自清。"柳宗元《江雪》："千山鸟飞绝，万径人踪灭。孤舟蓑笠翁，独钓寒江雪。"山中无人知晓名称的清泉，年复一年地清澈流淌。寒雪天气中，寂静、孤独的江边，只有蓑笠翁一人、一船在坚持独钓。作品中对山水环境的描摹刻画，都是为了表达、衬托诗人对淡泊平和、孤芳高洁品格的欣赏与追求。

而这些在山水诗文中寄托个人情感、佛理哲思的创作手法，早在东晋当时即开始有文学理论的支撑。生平三次出入庐山、与慧远大师多有交游的画家宗炳，其《画山水序》中提出著名的"神畅"说，强调"神本亡端，栖形感类、理入影迹"，又有"澄怀观道，卧以游之""山水以形媚道""万趣融其神思"等论，不仅是对中国画"以形写神"理论的有力提升，同时也开启了后世中国山水诗画合一的先声，使得浙东山水文学具有玄远、冲淡的高雅意境——这些都为后世山水诗奠定了发展方向。宗白华有一个精辟的论述："所以中国艺术意境的创成，既须得屈原的缠绵悱恻，又须得庄子的超旷空灵。缠绵悱恻，才能一往情深，深入万物的核心。"① 东晋会稽山水诗文的创作，即是如此——在"东-西"文学走廊的交往基础上，吸收了西部屈原以来模山范水的传统手法，又保留了北人南渡带来的玄学遗风，写景抒情与对哲理思考的抒发互相衬托，成就后世中国山水诗独特的蕴含与意境。

总之，由晋入宋的谢灵运正式开创了山水诗派，唐代孟浩然将山水诗与田园诗的创作融合，促成了山水田园诗派，而王维更是引佛理直接入山水诗，提升了山水诗的哲理色彩与隽永内蕴，他们都在山水诗创作上打上了自己独特的个人审美与品格烙印。除此以外，东晋之后的鲍照、谢朓、祖咏、裴迪、韦应物、柳宗元等人，也继续致力于山水诗的创作与发展。而东晋的会稽作为山水诗勃兴的源头、山水文学的原型空间，对后世山水题材的创作影响深远。

二、寻阳——"田园文学"原型空间的影响

寻阳与盛行玄言诗、山水诗的会稽不同，它以宗教、隐逸和田园生

---

① 宗白华.中国艺术意境之诞生//宗白华全集[M].合肥：安徽教育出版社，1994.

活作为创作对象。除了前述慧远、宗炳等人对佛理的传播与禅趣文学的创作,寻阳文学中心尤以陶渊明开创的田园诗派而闻名。尽管寻阳的隐逸文学作家不仅仅只有陶渊明,除了"寻阳三隐"——陶渊明、刘遗民、周续之之外,尚有著名的"翟家四世"——翟汤及其儿子翟庄、孙子翟矫、重孙子翟法赐,一家四世都隐居于庐山,洁身自好,但真正欣然选择躬耕田园生活而又致力于田园诗创作的只有陶渊明。

  田园诗最早源于先秦的"农事诗",如《诗经·豳风·七月》记叙了豳地人们当时一年四季的劳动生活,但后世士人中直接从事农事生产并创作田园题材的文人十分罕见,陶渊明堪称第一人。此前文人间流行登临、游览山水的体验模式,直接被陶渊明转变为躬耕田园的融入模式——这点十分难得,正如唐人灵澈所言:"相逢尽道休官好,林下何曾见一人?"从面对自然山水的玄远意境进而走向田园风景的质朴意趣,这无疑是陶渊明之田园诗不同于此前山水诗的崭新创造。无怪乎,钟嵘在《诗品》中称陶渊明是"古今隐逸诗人之宗"。

  与谢灵运、孟浩然等人的山水诗讲究情景交融、山水寄怀一样,陶渊明的田园诗也一样有自己独特的追求——平淡隽永、清新醇美的风格。陶渊明田园诗的语言十分口语化,甚至类似儿童或乡间的歌谣。但陶渊明作品的平淡不同于平庸或淡而无味,它只是将真挚深厚的情感用朴素自然的语言来表达。陶渊明有《闲情赋》这种繁富风格的创作能力却主动选择平淡,是个人主观的审美倾向,平淡之中见甘醇。正如王安石在《题张司业诗》中所说:"看似寻常最奇崛,成如容易却艰辛。"典型的如陶渊明的《归园田居(一)》:

  少无适俗韵,性本爱丘山。误落尘网中,一去三十年。羁鸟恋旧林,池鱼思故渊。开荒南野际,守拙归园田。方宅十余亩,草屋八九间。榆柳荫后檐,桃李罗堂前。暧暧远人村,依依墟里烟。狗吠深巷中,鸡鸣桑树颠。户庭无尘杂,虚室有余闲。久在樊笼里,复得返自然。(选自《先秦汉魏晋南北朝诗》)

  平淡自然的语言,将田园生活中"暧暧远人村,依依墟里烟。狗吠深巷中，鸡鸣桑树颠"的美好场景娓娓道来，非常具有画面感，也充溢着作者对自然与自由的向往。这首田园诗的风格也直接影响到了唐代孟浩然的《过故人庄》：

故人具鸡黍，邀我至田家。绿树村边合，青山郭外斜。开轩面场圃，把酒话桑麻。待到重阳日，还来就菊花。（选自《全唐诗》）

它与陶渊明的《归园田居》一样，语淡情浓，"绿树村边合，青山郭外斜"读来十分质朴，似乎信手拈来而又生动形象。但田园诗质朴真醇、清新自然的风格到了王维手里，又有了不同的继承与发展。王维对陶渊明的态度较为复杂，既有学习与推崇，又有否定和嘲讽。比如王维的《辋川闲居赠裴秀才迪》："寒山转苍翠，秋水日潺湲。倚杖柴门外，临风听暮蝉。渡头余落日，墟里上孤烟。复值接舆醉，狂歌五柳前。""五柳"即指自号五柳先生的陶渊明，诗中以春秋时楚国隐士接舆来类比自己的好友裴迪，而以躬耕归隐的陶潜来类比自己。此外，王维《鹿柴》的"空山不见人，但闻人语响。返景入深林，复照青苔上"，与陶渊明的"结庐在人境，而无车马喧"也有所类似，都是静中有喧和喧中有静的对比、衬托手法。

王维虽有退隐归田的念头又恋于富贵，他曾归隐终南山，但期间过的田园生活远不如陶渊明选择躬耕那么纯粹。如著名的《山居秋暝》："空山新雨后，天气晚来秋。明月松间照，清泉石上流。竹喧归浣女，莲动下渔舟。随意春芳歇，王孙自可留。"如《山居即事》："寂寞掩柴扉，苍茫对落晖。鹤巢松树遍，人访荜门稀。绿竹含新粉，红莲落故衣。渡头烟火起，处处采菱归。"又如《渭川田家》："斜阳照墟落，穷巷牛羊归。野老念牧童，倚杖候荆扉。雉雊麦苗秀，蚕眠桑叶稀。田夫荷锄至，相见语依依。即此羡闲逸，怅然吟式微。"王维观看浣纱女、渔舟夫、采菱人、牧童、田夫们的劳作，并非直接参与田园的生产活动，所以他的隐居更类似文人隐逸的生活。不同于陶渊明切身融入乡村、与村民农夫们打成一片，在诗中散发出浓郁质朴而又自然清新的乡土气息。

王维对陶渊明归园躬耕、贫困潦倒的处境本来就曾有不认同的评价，他在《与魏居士书》中说:"近有陶潜,不肯把板屈腰见督邮,解印绶弃官去。后贫,《乞食》诗云'叩门拙言辞',是屡乞而多惭也。尝一见督邮,安食公田数顷。一惭之不忍,而终身惭乎?"陶渊明在《乞食》中云:"饥来驱我去,不知竟何之。行行至斯里,叩门拙言辞。"他被饥饿驱使到出门乞食的地步,但敲开别人的门却又言辞笨拙、不知怎么乞求才好。王维认为这是因为他"屡乞而多惭",可能是对同一人家的乞讨次数太多了,以至于自己都不再好意思开口了,而这种长期窘迫的处境都因他不愿忍受对上级一时的卑躬屈膝而造成。王维的这种思想倾向,也决定了他的田园诗作品并不如陶渊明那么真挚感人。

柳宗元的田园诗则有其一贯的孤峭幽寂的意境,如《溪居》:"久为簪组累,幸此南夷谪。闲依农圃邻,偶似山林客。晓耕翻路草,夜榜响溪石。来往不逢人,长歌楚天碧。"前面铺垫山林、农居的静谧环境,但末句却凸显出不见一人的冷清孤寂与作者内心不得志的苦闷。

范成大是南宋重要的田园诗人,他晚年隐居故乡石湖(今苏州古城西南),自号石湖居士。他在石湖创作的《四时田园杂兴》《腊月村田乐府》,是我国古代田园诗的集大成之作,以下选录其中一部分:

柳花深巷午鸡声,桑叶尖新绿未成。坐睡觉来无一事,满窗晴日看蚕生。(《春日田园杂兴》)
梅子金黄杏子肥,麦花雪白菜花稀。日长篱落无人过,惟有蜻蜓蛱蝶飞。(《夏日田园杂兴》)
采菱辛苦废犁锄,血指流丹鬼质枯。无力买田聊种水,近来湖面亦收租。(《夏日田园杂兴》)

柳花、桑叶、春蚕、梅子、杏子、麦花等特色物产,加上采菱、蝶飞、蚕生、桑叶新绿等动态描述,一起展现出江南田园丰富多彩的风土与人情。范成大在描绘宁静淡泊的田园生活的同时,也关注到农民锄犁、采菱、种水等农事生产的艰辛不易,并对田湖租税制度对农民的剥削表现出强烈不满与抨击。因此,范成大的田园诗既继承了之前陶渊明作品的质朴情趣,又加入了对现实生活反思与批判的成分,而后者正是中国传统诗歌所一直重视的功用。范成大的这种创作倾向，主要是受到了中唐新乐府运动的影响，所以多用不事雕琢的白描手法、平淡朴素的口语，但作品在写景上仍旧生动形象，且有批判现实的题材厚重感。

当然，范成大也有一些单纯抒发田园生活快乐的作品，如《朝中措》："身闲身健是生涯，何况好年华。看了十分秋月，重阳更插黄花。消磨景物，瓦盆社酿，石鼎山茶。饱吃红莲香饭，侬家便是仙家。"主要描写了农家生活的惬意与舒心：身体健康，生活清闲，秋天赏月，重阳插花，看着眼前的田园美景，喝着山茶，饱吃一顿香喷喷的红莲饭，这样的生活就像神仙一样幸福快活。

与范成大同一时期的陆游，也有一些田园诗的创作，典型的如《小园》：

> 窄窄柴门短短篱，山家随分有园池。客因问字来携酒，僧趁题就赋诗。晨露每看花矗坼，夕阳频见树阴移。拂衣司谏犹忙在，此趣渊明却少知。

诗中直言陶渊明少知他积极忙于向朝廷进谏、以家国为己任的乐趣与志向。陆游田园诗独具一格之处，在于它通常饱含了浓烈的人文关怀，显得分外深沉与炽热，这也开拓了田园诗所表达的意境，其《夜归偶怀故人独孤景略》《过野人家有感》《贫甚作短歌排闷》《秋获歌》《游山西村》《稽山行》《牧牛儿》也都关注了农民农事的艰辛、赋税的沉重、生活的贫苦等现实，具有浓浓的、对生命的人文关怀气息。

罗宗强在《玄学与魏晋士人心态》一书中指出，陶渊明是魏晋玄学的终结者——从"竹林七贤"到"金谷俊游"再到"兰亭雅集"，文人们都在追求对失意现实、心灵困境的解脱，却只有陶渊明寻找到了山水自然、田园生活带来的慰藉与出路。从此"归园田居"与兰亭的"流觞曲水"一样，也成为一种文人可选的生活方式。山水和田园之美，为文人带来深深的精神安慰与痛苦解脱。而陶渊明长期隐居的寻阳，身为田园文学发源的承载地，自然也以田园文学原型空间的特殊地位影响着后人的创作。尤其是中国田园文学追求平淡、质朴却又醇厚自然的审美特点,即是由陶渊明的田园诗所奠定的。

东晋的山水诗、田园诗在后世有融合发展的趋势,被并称为田园山水诗的作品越来越多,比如王维的《积雨辋川庄作》、孟浩然的《齿坐呈山南诸隐》等。文人在登临观览、羁旅行役、宴饮集会中作诗描摹山水,但这种山水诗是"隔了一层的"、暂时的审美体验,而田园诗则需要文人有辞官归隐、久居田园、融入自然的生活背景与日常感受。身为山水田园诗派代表人物的王维、孟浩然、储光羲、韦应物、柳宗元等人都曾有归隐田园的生活经历。柳宗元、王维、孟浩然、韦应物更是被称为山水田园诗的四大家。田园诗、山水诗在唐诗之中,也是极具魅力的两大代表性题材的作品。

正如张伟然《中古文学的地理意象》所论:"在中国文学题材的演进史上,地理经验堪称第一等重要的原动力。""如果说,九江是中国田园诗的摇篮,浙东是中国山水诗的圣地,那么,是北方人的眼光,是北方原有地理经验的映衬,才让它们成为摇篮和圣地。田园诗、山水诗,不折不扣地是一波地理大交流的结果。"则我们不妨将重点孕育和催化中国山水诗、田园诗摇篮与胜地的会稽、寻阳两大文学亚中心,视为具有原创意义与最具持久影响力的原型文学空间,它们对中国文学,尤其是诗歌上举世无双又独具民族特色的文学"意境"做出了突出贡献。

结　语

　　西晋末年北方中原文人的永嘉南渡，在中国移民史、文化史、文学史上都是一次重大的事件。中原移民的南渡，使中国的文化中心第一次由黄河流域移向长江流域。中原文化与荆楚文化、吴越文化的进一步交融，江左的"吴越文化"也由此开始向"江南文化"转型，改变了当时南方地区的文化风貌和历史进程。它不仅是人口的大迁徙，更是文化的大迁徙。它客观上推动了中原文化的传播，促进了南北方文化的交流与融合，改变了中国文化演进的空间格局，同时也开启了江南开发的序幕，也正因此，隋唐的大一统才能迎来华夏文化光彩夺目的复兴。

　　因此，东晋初期建康文学中心的确立和"南–北"方向文学轴线的建立，东晋中期南北文学轴线向会稽方向的延伸，都大力促进了南北文化的融合，意义重大。北方文学围绕着政治伦理与自我约束，追求向善；南方文学围绕着审美享受和释放本性，追求愉悦。在东晋南北融合的过程中，北方文化占据更主导的地位，表现在政治、学术、文艺、玄学等方面，无一不更具优势地位。在审美倾向上，虽然开始接受南方地域文化和传统的影响，但仍用对典雅、崇高的一贯追求，纠正了南方文学中过分沉溺、放荡以至面临堕落的风险。

　　柏拉图认为"美"具有引人向善的作用和力量，黑格尔也认为"美"是理念的感性显现。孔子一向推崇周代的礼乐文明，大力主张"克己复礼"，但在师生各言所志，听曾点向往春日沐河浴风的悠然闲适时，还是用"吾与点也"来表示欣然赞同。可见，繁复的政治伦理理念，也可以用琐碎的日常场景、细节来加以理想化的诠释，来进行形象化的呈现。东晋的文学、雕塑、舞蹈、书法等艺术，也是如此，它们其实都是在南渡而来的儒学与玄、佛思想的审美指导下进行发展。"美"有瓦解理性的巨大力量，江南秀美的自然山水、世族文人超凡脱俗的人格魅力、东晋文学的山水和儿女题材，都能引起人内心深处的共鸣。

东晋极具感染力的文艺作品的诞生，都离不开当时南北文人融合的大背景。西晋时"南人北上"的南北差异与东晋时"北人南下"的南北差异，最大的区别在于前者拒绝承认、吸纳、接受南方的文学、文化；而东晋南渡后，北人开始在南部文化中受到浸染，尤其是移民第三代的文人，生于江南、长于江南，完全淡漠了祖辈移民光复中原的理想，北方中原的向心力日益弱化，对自己江南本土的身份认同则大大加强。

此外，探析两晋文人受时代裹挟的流动路线，沿着五大文学中心的迁移轨迹，可以发现：塑造江南文学的动态因子，从西晋末、东晋初外部方向的南、北融合，转为东晋中后期内部方向东、西轴线上的互动与渗透。南、北差异与融合的问题向来备受重视，但东晋中后期东、西方向文人的互动与交游则被长期忽视。西部荆州与东部建康、会稽之间的大量文人流动，促成了"东-西"文学走廊的形成。会稽的兰亭雅集文人与荆州的桓温幕府文人即是东、西部文人互动的典型代表群体。东部江南地区从颂德赋、玄言诗的创作转向山水赋、山水诗，明显是受到了西部山水文学直接而深刻的影响。东晋中后期的会稽，南渡文人面对江南秀美山川的感官刺激、伴随着西部荆楚体物绘景文学的东传，他们加以吸收、融合，尤其是保留了南渡而来的玄学审美，使山水诗文充满了玄远冲淡的高远意境。

当然，寻阳特殊的地理位置也非常值得关注：它所处的江州本属荆州，为了减轻"荆扬之争"带来的东、西部矛盾而独立出来，成为一处双方都想争取拉拢的缓冲地带；它处在东、西部文人双向对流的必经之路上；是东、西部之间的中心地区，也是东、西部文学中心辐射力的交汇点。这种极其特殊的地理位置为东晋文人提供了非常难得的便利环境：寻阳文人可以频繁地东、西两向迁移并与双向文人进行交游，因所处环境的改变、接触新友的影响、兼收并蓄的优势，往往能为文学创作带来新的变化与突破——田园文学主题的开创。因此，寻阳文学中心也是南北、东西双重文学轴线交融的受益者。

考察两晋"南-北"文学轴线的建立与延伸、"东-西"文学轴线的形成与拓展，及两条文学轴线交融对寻阳文学中心的贡献，即揭示出了两晋文学版图的内在结构与演变历程。而这种版图变迁还形成了会稽之于"山水文学"、寻阳之于"田园文学"而言的两大文学原型空间，它们是后世浙东山水诗、九江田园诗的摇篮，对此后刘宋谢灵运和唐代孟浩然、王维、韦应物等人的创作影响深远，更为后世中国文学贡献了两大极其重要文学主题。

参考文献

一、专著

[1] 杨世明. 巴蜀文学史 [M]. 成都：巴蜀书社，2003.

[2] 张正明. 楚文化史 [M]. 上海：上海人民出版社，1987.

[3] 刘汝霖. 东晋南北朝学术编年 [M]. 北京：中华书局，1987.

[4] 张可礼. 东晋文艺系年 [M]. 济南：山东教育出版社，1992.

[5] 张可礼. 东晋文艺综合研究 [M]. 济南：山东大学出版社，2001.

[6] 田余庆. 东晋门阀政治 [M]. 北京：北京大学出版社，2005.

[7] 宋展云. 地域文化与汉末魏晋文学演进 [M]. 北京：社会科学文献出版社，2017.

[8] 卢云. 汉晋文化地理 [M]. 西安：陕西人民教育出版社，1991.

[9] 张伟然. 湖北历史文化与地理研究 [M]. 武汉：湖北教育出版社，2000.

[10] 柳春新. 汉末晋初之际政治研究 [M]. 长沙：岳麓书社，2006.

[11] 汤用彤. 汉魏两晋南北朝佛教史 [M]. 北京：商务印书馆，2015.

[12] 董泽芳. 荆楚文化研究丛书 [M]. 武汉：湖北人民出版社，2003.

[13] 周悦. 晋隋之际南北文学融合研究 [M]. 长沙：湖南师范大学出版社，2013.

[14] 崔小敬. 江南游记文学史 [M]. 上海：上海古籍出版社，2015.

[15] 周晓琳，等. 空间与审美——从文化地理角度看中国古代文学 [M]. 北京：人民出版社，2009.

[16] 刘师培. 刘申叔遗书 [M]. 南京：江苏古籍出版社，1997.

[17] 逯钦立. 逯钦立文存 [M]. 北京：中华书局，2010.

[18] 孙明君. 两晋士族文学研究 [M]. 北京：中华书局，2010.

[19] 渠晓云. 六朝文学与越地文化 [M]. 北京：人民出版社，2010.

［20］刘跃进.秦汉文学地理与文人分布［M］.北京：中国社会科学出版社，2011.

［21］司马迁.史记［M］.北京：中华书局，1982.

［22］余英时.士与中国文化［M］.上海：上海人民出版社，1987.

［23］海德格尔.诗·语言·思［M］.北京：文化艺术出版社，1991.

［24］程章灿.世族与六朝文学［M］.哈尔滨：黑龙江教育出版社，1998.

［25］袁行霈.陶渊明集笺注［M］.北京：中华书局，2003.

［26］王仲荦.魏晋南北朝史［M］.上海：上海人民出版社，1979.

［27］周一良.魏晋南北朝史札记［M］.北京：中华书局，1985.

［28］方北辰.魏晋南北朝江东世家大族述论［M］.北京：文津出版社，1991.

［29］唐长孺.魏晋南北朝史论丛及续编［M］.石家庄：河北教育出版社，2000.

［30］胡阿祥.魏晋本土文学地理研究［M］.南京：南京大学出版社，2001.

［31］陈庆元.文学：地域的关照［M］.上海：上海远东出版社，2003.

［32］卫绍生.魏晋文学与中原文化［M］.北京：学苑出版社，2004.

［33］陈寅恪.魏晋南北朝史讲演录［M］.贵阳：贵州人民出版社，2012.

［34］曾大兴.文学地理学研究［M］.北京：商务印书馆，2012.

［35］杨义.文学地理学会通［M］.北京：中国社会科学出版社，2013.

［36］佐藤利行.西晋文学研究［M］.周延良，译.北京：中国社会科学出版社，2004.

［37］居阅时，等.杏花春雨：江南文学与艺术［M］.上海：上海人民出版社，2010.

［38］严耕望.严耕望史学论文选集［M］.北京：中华书局，2006.

［39］谭其骧.中国历史地图册［M］.北京：中国地图出版社，1982.

［40］陆侃如.中古文学系年［M］.北京：人民文学出版社，1985.

［41］蒋星煜.中国隐士与中国文化［M］.上海：三联书店，1988.

［42］吕燕昭，等.中国地方志集成·府县志辑［M］.南京：江苏古籍出版社，1991.

［43］曹道衡，沈玉成编.中国文学家大辞典·先秦汉魏晋南北朝卷［M］.北京：中华书局，1992.

［44］李兴盛.中国流人史［M］.哈尔滨：黑龙江人民出版社，1996.

［45］葛剑雄.中国移民史［M］.福州：福建人民出版社，1997.

［46］周振鹤，等.中国历史文化区域研究［M］.上海：复旦大学出版社，1997.

［47］鲁迅.中国小说史略［M］.上海：上海古籍出版社，1998.

［48］刘师培.中国中古文学史讲义［M］.上海：上海古籍出版社，2000.

［49］徐复观.中国艺术精神［M］.上海：华东师范大学出版社，2001.

［50］李孝聪.中国区域历史地理［M］.北京：北京大学出版社，2004.

［51］王永平.中古士人迁移与文化交流［M］.北京：社会科学文献出版社，2005.

［52］陈文新.中国文学编年史［M］.长沙：湖南人民出版社，2006.

［53］詹石窗，谢清果.中国道家之精神［M］.上海：复旦大学出版社，2009.

［54］曾大兴.中国历代文学家之地理分布［M］.北京：商务印书馆，2013.

二、学术论文

［1］刘海涛.北朝地域文学略论［D］.金华：浙江师范大学，2013.

［2］赵夏竹.东晋文学的地域特征［D］.北京：清华大学，2002.

［3］霍贵高.东晋文学研究［D］.保定：河北大学，2010.

［4］陆路.东晋南朝文学地理与文士分布研究［D］.上海：上海师范

大学，2015.

［5］宋雅慧.东晋会稽地区文学研究［D］.福州：福建师范大学，2016.

［6］孟祥娟.汉末迄魏晋之际文学家族述论［D］.长春：吉林大学，2005.

［7］宋展云.汉末魏晋地域文化与文学研究［D］.扬州：扬州大学，2012.

［8］陈慧娟.晋代太原孙氏家族及其文学研究［D］.广州：中山大学，2010.

［9］沈超.金代文学地理形态与文人群体的文化认同［D］.金华：浙江师范大学，2013.

［10］朱乐乐.晋唐宣城文学研究［D］.济南：山东师范大学，2013.

［11］李晓红.论两晋世族宗族观念与文学创作［D］.青岛：青岛大学，2009.

［12］谢海南.论晋代山水诗赋与地理环境的关系［D］.长沙：湖南师范大学，2012.

［13］刘德浩.辽代文学地理谈论［D］.金华：浙江师范大学，2013.

［14］武培霞.两晋幕府与文学［D］.郑州：郑州大学，2013.

［15］郭桂彬.六朝吴兴文学研究［D］.济南：山东师范大学，2014.

［16］智宇晖.三晋文化与唐代文学［D］.天津：南开大学，2013.

［17］谢淑芳.陶渊明与佛教关系研究［D］.杭州：杭州师范大学，2007.

［18］杨为刚.唐代"长安—洛阳"文学地理与文学空间研究［D］.上海：复旦大学，2009.

［19］魏红翎.魏晋南北朝巴蜀文学研究［D］.成都：四川师范大学，2011.

［20］李猛.魏晋南朝著作郎制度与文学之关系研究［D］.上海：上海师范大学，2013.

［21］卢云.魏晋南北朝琅琊王氏家族文学与文化研究［D］.长沙：湖南师范大学，2014.

［22］魏娜.西晋裴氏、荀氏和卫氏家族文学研究［D］.兰州：西北师范大学，2012.

［23］曾惠苑.东晋庐山教团之居士群研究［D］.台南：台南师范学院，2001.

三、期刊

［1］陈道贵.从佛教影响看晋宋之际山水审美意识的嬗变——为中心［J］.安徽大学学报，2000（3）：77-83.

［2］王守雪.从兰亭集会到竟陵八友——东晋南朝家族诗人群与"唯美"诗学的蜕变［J］.殷都学刊，2001（4）：67-71.

［3］杨义.重绘中国文学地图［J］.文学遗产，2003（5）.17-29.

［4］曹道衡.从《文选》看中古作家的地域分布［J］.齐鲁学刊，2004（6）：63-70.

［5］刘庆华.从《金谷诗序》、《兰亭集序》看两晋文人的生存选择与文学选择［J］.广州大学学报，2006（3）：91-96.

［6］张兴龙.从起源角度看江南文化精神［J］.江南大学学报（人文社会科学版），2008（6）：51-54.

［7］徐丹.从"兰亭集会"看东晋山水玄言诗的兴盛［J］.青年文学家，2009（10）：53-54.

［8］胡宝国.从会稽到建康——江左士人与皇权［J］.文史，2013（2）：97-110.

［9］程磊.从"咏怀"到"山水"：魏晋羁旅行役诗中山水物色的独立之路［J］.安徽师范大学学报，2015（6）：755-760.

［10］侯旭东.东晋南朝小农经济补充形式初探［J］.中国史研究，1996（1）：18-27.

［11］于希贤.地理环境变迁与文学思潮更迭——西周至魏晋南北朝文风演变与地理环境关系［J］.中国地理历史论丛，1998（4）：225-252.

［12］李炳海.帝都中心论的文化承载——古代京都赋意蕴管窥［J］.齐鲁学刊，2000（2）：4-10.

［13］吴功正.东晋南渡心态与文学格调之变化［J］.南京社会科学，2002（4）：60-63.

［14］胡阿祥.东晋南朝人口迁移及其影响述论［J］.江苏行政学院学报，2003（3）：139-144.

［15］李浩.地域空间与文学的古今演变［J］.陕西师范大学学报（哲学社会科学版），2005（3）：72-75.

［16］王德华.东晋文学的主题变迁与地域分布［J］.浙江大学学报（人文社会科学版），2006（1）：110-116.

［17］曹道衡.东汉文化中心的东移及东晋南北朝南北学术文艺的差别［J］.文学遗产，2006（5）：4-18.

［18］蔡彦峰.东晋清谈与阅读方式的发展及其诗史意义［J］.南京师范大学文学院学报，2015（2）：1-7.

［19］罗昌繁."二宫构争"与江东士族心态及文学［J］.殷都学刊，2015（2）：67-71.

［20］梅新林.古典小说地理空间研究的取向与路径［J］.浙江社会科学，2016（10）：114-159.

［21］林校生.桓温幕府僚佐构成考说［J］.北大史学，1995（1）：154-168.

［22］林校生.桓温行年简表［J］.宁德师专学报（哲学社会科学版），1996（1）：32-39.

［23］李炳海.慧远的净土信仰与谢灵运的山水诗［J］.学术研究，1996（2）：78-82.

［24］谭其骧.晋永嘉丧乱后之民族迁徙［J］.燕京学报，1934（15）：18-33.

［25］吴承学.江山之助——中国古代文学地域风格论初探［J］.文学评论，1990（2）：50-58.

［26］张天来.江东陆氏家风与陆机的文学创作［J］.东南大学学报，1999（4）：89-95.

［27］张金耀.金谷游宴人物考［J］.复旦大学学报（社会科学版），2001（2）：128-132.

［28］孟修祥. 荆楚歌谣的地域文化特色略论［J］. 长江大学学报, 2005（3）: 5-10.

［29］景遐东. 江南文化传统的形成及其主要特征［J］. 浙江师范大学学报（社会科学版）, 2006（4）: 13-19.

［30］宋展云. 江州隐逸文化与晋宋之际文风的演变［J］. 中南民族大学学报, 2014（5）: 132-136.

［31］宋展云. 会稽侨寓士族与山水玄言诗的兴盛［J］. 浙江学刊, 2011（6）: 83-88.

［32］曹道衡. 略论晋宋之际的江州文人集团［J］. 中国文学研究, 1992（2）: 19-26.

［33］袁金祥. 略论东晋南朝会稽文人群［J］. 绍兴文理学院学报, 2001（4）: 12-15.

［34］李剑锋. 论江州文学氛围对陶渊明创作的影响［J］. 文学遗产, 2004（6）: 16-26.

［35］李剑清. 陆机入洛后赋作与北方风物［J］. 河南社会科学, 2008（2）: 147-149.

［36］刘艳春. 论陆机作品风格与吴地文化之关系［J］. 唐山学院学报, 2009（1）: 69-72.

［37］孙明君. 兰亭雅集与会人员考辨［J］. 古典文学知识, 2010（2）: 147-150.

［38］刘跃进. 兰亭雅集与魏晋风度［J］. 安徽大学学报, 2011（4）: 1-10.

［39］葛永海. 六朝江南都市艳歌的生成机制及其历史流变［J］. 上海师范大学学报, 2012（3）: 63-72.

［40］宋展云. 论兰亭山水玄言诗的特色及其影响［J］. 船山学刊, 2012（1）: 162-165.

［41］梅新林. 论文学地图［J］. 中国社会科学, 2015（8）: 159-208.

［42］卢敦基. 南朝浙江文学的兴盛及其原因试论［J］. 浙江学刊, 1990（1）: 91-96.

［43］王明端. 南北朝乐府民歌的比较谈［J］. 中北大学学报（社会

科学版），2005（1）：50-52.

［44］钱建状.南渡词人地理分布与南宋文学发展新态势［J］.文学遗产，2006（6）：63-72.

［45］卫绍生，席格.南渡中原士族对东晋文化的历史贡献［J］.中州学刊，2008（6）：206-209.

［46］葛晓音.山水方滋 庄老未退——从玄言诗的兴衰看玄风与山水诗的关系［J］.学术月刊，1985（2）：68-75.

［47］谢桂芳.士族制度与两晋文学［J］.牡丹江大学学报，2012（8）：18-20.

［48］杨合林.陶渊明与江东地域文化之关系［J］.吉首大学学报，2002（2）：69-73.

［49］王青.唐前历史地理与诗歌地理中的江南［J］.阅江学刊，2010（3）：123-127.

［50］王德华.唐前南北文学地理研究的历史演进与思考［J］.中文学术前沿，2015（2）：1-29.

［51］景刚.我国地理文学的形成及在东晋刘宋时期的发展［J］.山东大学学报，1996（1）：62-68.

［52］田彩仙.魏晋文学家族的家族意识与创作追求［J］.中州大学学报，2001（2）：54-56.

［53］毛庆."吴楚文化与陶渊明"简议［J］.鄂州大学学报，2006（2）：47-51.

［54］张朝富.文学活动空间变化与两晋文学发展进程［J］.云南社会科学，2006（2）：117-120.

［55］黄霖.文学地理学的理论创新与体系建构——评梅新林新著《中国古代文学地理形态与演变》［J］.文学评论，2007（5）：205-206.

［56］梅新林.文学地理学的学科建构［J］.华中师范大学学报(人文社会科学版)，2012（4）：92-98.

［57］陈清.文学地理的有益探索：绘制宋代江西的文学家地图——评《宋代江西文学家地图》［J］.世界文学评论（高教版），2014（2）：37-40.

[58] 丁瑶. 魏晋名士与魏晋文学、绘画创作 [J]. 新疆师范大学学报, 2015 (5): 106-112.

[59] 马鸳、张祖森. 文学地理学视角下的东晋南朝会稽侨寓——谢氏文学集团 [J]. 智富时代, 2016 (3): 356-357.

[60] 徐爽. 魏晋南北朝民族融合与乐府民歌雅化创作 [J]. 中央民族大学学报(哲学社会科学版), 2016 (5): 92-97.

[61] 范兆飞. 西晋士族的婚姻网络与交游活动 [J]. 南都学坛(人文社会科学学报), 2009 (5): 24-29.

[62] 张爱波. 西晋"二十四友"集团交游方式探析 [J]. 民俗研究, 2010 (2): 52-64.

[63] 渠晓云. 越文化与东晋士风文风 [J]. 绍兴文理学院学报, 2005 (5): 16-20.

[64] 渠晓云. 由陆机交游看西晋吴地文士的生存状态 [J]. 苏州教育学院学报, 2009 (2): 57-60.

[65] 潘泠. 乐府江南诗中"江南"意象的形塑及其流变 [J]. 江南大学学报(人文社会科学版), 2014 (1): 66-73.

[66] 李德辉. 著作局与魏晋文学 [J]. 学术论坛, 2012 (1): 147-151.